Thomas Klappstein (Hg.)

Es weihnachtet sehr

Erzählungen
zum Ankommen
in der schönsten Zeit
des Jahres

Brendow.

Thomas Klappstein (Hg.) ist Theologe,
Dipl.-Verwaltungswirt und derzeit tätig
als Autor, freiberuflicher Theolog sowie in
der Presse- und Öffentlichkeitsarbeit.
Er ist verheiratet mit der Sängerin
Claudia Klappstein und lebt in Duisburg.

Inhalt

Was soll einmal werden?

Von Christina Brudereck

Ein Nachmittag in adventlicher Stimmung. Kerzen, Zimtsterne und Kakao. Die Kinder fertigen ihre Wunschzettel an, wir Erwachsenen reden über alte Bräuche, blöde und schöne. Wie nebenbei frage ich eins meiner Patenkinder, das gerade einen pinkfarbenen Schal, Mütze und Handschuhe gemalt hat: „Was willst du denn eigentlich mal werden?" Und die Kleine antwortet: „Groß!" Da sie es mit einem kleinen Lispeln ausspricht, klingt es besonders bezaubernd. Ich lache sie an und frage weiter: „Und dann? Wenn du groß bist, was dann?" Sieben Erwachsene sind auf einmal gespannt, neugierig und sehen sie erwartungsvoll an. Und die Kleine, sie ist gerade fünf Jahre alt geworden, sagt mit einem selbstbewussten Ton der Selbstverständlichkeit und keineswegs so, als kündige sie ein Geheimnis an: „Eisprinzessin!" Dann winkt sie und geht weg zu den anderen Kindern.

Wir, sieben Erwachsene, sind uns unsicher, was sie mit einer Eisprinzessin meint. Das Wort klingt, als käme es aus einem Märchen. Oder gehört es in den Sommer? Oder zu Vanille, Erdbeer und Schokolade? Oder doch eher auf den zugefrorenen See und zum Schlittschuhlaufen?

Da sagt einer von uns: „Ich, ich wollte ja immer Erfinder werden." Heute ist er Anwalt. Und er findet, dass er schon lange keine Entdeckung mehr gemacht hat, viel zu lange schon nicht mehr. Das allerdings war jetzt eine Entdeckung, und er nimmt sich vor, dringend mal wieder etwas zu erforschen oder zu suchen.

Seine Frau sagt, sie habe, wie viele andere Mädchen auch, Stewardess werden wollen. Sie sei dann aber zunächst einmal von der Schule geflogen. Sie grinst ihren Mann an. Und sie sei Mutter geworden. Aber später sei sie viel gereist. Sie schaut sehnsüchtig aus dem Fenster. Sie sieht so aus, als würde sie sich freuen, wenn ihr gleich jemand einen Tomatensaft anbieten würde.

Der Vater der zukünftigen Eisprinzessin meint, er habe Fußballprofi oder Rennfahrer, aber Hauptsache reich werden wollen. Das ist ihm auch gelungen. Weil er eine von Hause aus wohlhabende Frau geheiratet hat.

Genau die wiederum gesteht uns mit einem Schulterzucken: „Ich war ja immer so supergut in Latein." Aber Latein habe so alt geklungen, nach Vergangenheit. Zukunft aber sei BWL gewesen, und so sei sie eben Mana-

gerin geworden. „Vielleicht hole ich meinen Cicero mal wieder raus", meint sie. „Oder ich lese die Weihnachtsgeschichte mal auf Latein. *,Gloria in altissimis Deo, et in terra pax hominibus bonae voluntatis'"*, zitiert sie versonnen. Und fügt gnädigerweise hinzu: „Ehre sei Gott in der Höhe und Friede auf Erden bei den Menschen seines Wohlgefallens."

Und einer überrascht uns, weil er leise sagt, so als wage er kaum es zuzugeben, er habe Tänzer werden wollen. Pina Bausch, Ballett. Der neben ihm stupst ihn in die Seite und meint feixend: „Du, ein sterbender Schwan?" Aber er merkt, dass der andere es ernst meint, und schweigt.

Wir sind alle nachdenklich geworden. Was ist, wenn der Kindertraum eines Tages ausgeträumt ist? Wenn wir versäumt haben, zu verwirklichen, was wir eigentlich wollten? Heute ist der Traum-Tänzer ein erfolgreicher Designer. Ist er denn nicht glücklich? Niemand wagt, es in diesem Moment zu fragen.

Und der von uns, dem immer schon alles einfach so zugefallen ist, meint: „Ich bin da, wo ich immer hinwollte." Er sagt es so nüchtern, dass wir alle spontan und wie verabredet beschließen, ihn heute einmal nicht zu beneiden.

Eine wollte eigentlich immer nur singen oder Flöte spielen. Aber Künstlerin sei nun mal nach Ansicht ihrer Eltern kein Beruf und so habe sie etwas Anständiges gelernt. Da sie nicht berufstätig ist, fragt niemand nach, was sie damit wohl meint.

Wir Erwachsenen gucken in Richtung der Kinder, die immer noch schreiben, malen, verzieren und ihre Wünsche so ernst nehmen. Ich beobachte die Kleine, die groß werden will. Kann man denn wohl Eisprinzessiologie studieren? Und wenn ja, wird sie es tun? Würde ich mein Patenkind dazu ermutigen? Da merke ich, dass die Blicke nun auf mir ruhen. Ich bin die Letzte in der Runde, die noch nichts gesagt hat. Und ich sage vorsichtig, fragend: „Geschichtenerzählerin vielleicht?" Denn als kleines Mädchen hatte ich meine Puppen und den Teddy aufmerksam in eine Reihe gesetzt, um ihnen Geschichten zu erzählen. Die konnten sich nicht wehren und ich konnte stundenlang meiner Fantasie freien Lauf lassen. In meiner Erinnerung haben sie mir immer gerne zugehört. Ich bin überzeugt, einige haben sogar hin und wieder zustimmend genickt.

Und weil die Stimmung in diesem Moment ein bisschen so ist wie damals und wir an diesem Adventssamstag alle irgendwie zurückversetzt wurden in unsere Kinderzimmer, zu Fußballschuhen, Bilderbüchern, Träumen und Spielen, ist mir nach erzählen. Und ich beginne:

„Ich kannte mal einen, der hatte erst eine ganze Weile lang, es kommt einem ausgesprochen ewig vor, eine Welt geschaffen. Sterne, das Meer, Kastanienbäume, Rosen, Tannen, Granatäpfel, den Zimt und den Zucker, Schneeleoparden und Menschen. Und dann eines Tages fasste er einen Entschluss, oder fasste sich ein Herz, wie man sagt,

als würde er einem Kinder-Jugendwunsch nachspüren, und offenbarte, dass er Zimmermann werden wolle." Ich gucke in die Runde, Entdecker, Stewardess, wohlhabend, Gloria, Tänzer, zufrieden, Künstlerin, und frage: „Ihr kennt den doch, oder?" Und sie nicken alle.

Wir reden noch lange: Wurde er groß? – Nicht nach unseren Maßstäben. Aber weltberühmt. Erfolgreich? – Nicht wirklich. Aber wir bereiten uns zurzeit alle auf seinen Geburtstag vor. Er wurde Zimmermann. Baute Türen für neue Räume. Fenster zum Himmel. Runde Tische, um in Gemeinschaft Brot zu teilen. Er starb viel zu jung, unvergessen. Er zeigte sogar, dass die Liebe stärker ist als der Tod, fast unglaublich. An einem Samstagnachmittag verdanken wir ihm adventliche Stimmung, jetzt wirklich. Sie geht über Kerzen und Kekse hinaus. Jesus ist ein Kind. Wie die Kinder, die ihre Wunschzettel so ernst nehmen und ihre Erwartungen an das Leben, erinnert er uns an unsere Träume. Dass er ein Handwerk als Beruf erlernt hat, scheint uns nicht so bedeutend. Weil er vor allem ein Mensch war. Wenn Gott, der Liebe ist, Mensch wurde, kann der Mensch werden, wozu er geschaffen ist: ein Liebender. Das ist uns auf einmal das Wichtigste. Das sollten wir dann auch können. Auf einmal ist alles möglich.

Die Überlegungen gingen weiter. Am nächsten Morgen, am Sonntag, erzählten wir uns, wie die Träume uns nicht losgelassen hatten. Und Jesus selbst uns keine Ruhe

ließ mit seinem Wunsch vom Menschwerden und Lieben. Einige beschlossen, Wunschzettel zu schreiben. Mindestens für sich selbst. Andere sagten, sie hätten gebetet. Und wir alle freuten uns sehr auf Weihnachten.

Das Geschenk

Von Clemens Bittlinger

Es schellte an der Tür. Missmutig schob ich meinen Schreibtischsessel zurück und schlurfte zur Tür. Mit einem „Ich-mag-es-nicht-wenn-man-mich-stört-Gesicht" öffnete ich die Haustür und blickte in die aufgeweckten Augen eines etwas schäbig gekleideten, älteren Herrn.

„Keine Angst, ich will Ihnen nichts verkaufen", begrüßte mich der Alte lächelnd, „mein Name ist Nimmzeit, und ich möchte Ihnen etwas schenken."

Aha, dachte ich bei mir und stellte mich vorsichtshalber noch etwas breiter in die Tür: „Sie wollen mir etwas schenken, da bin ich aber mal gespannt! Schießen Sie los, worum handelt es sich?"

Herr Nimmzeit hatte seinen Hut abgenommen und schien nun seltsam in die Ferne zu blicken. Es war, als hätten seine Pupillen durch mich und alle Wände meines Hauses hindurch etwas ganz anderes im Auge.

„Das, was ich Ihnen schenken möchte, brauchen Sie dringend. Sie haben zwar schon oft versucht, es zu kaufen, aber Sie haben es niemals bekommen. Und heute komme ich zu Ihnen, um Ihnen das, wonach Sie sich so sehr sehnen, zu schenken."

Während seine Worte leise verklangen, funkelten mich seine kleinen Augen herausfordernd an und über seinen Mund glitt ein kaum sichtbares Lächeln.

„Halten Sie mal keine großen Reden, kommen Sie zum Kern der Sache. Ich habe zu tun. Zeit ist schließlich Geld und somit teuer."

Ich hoffte, mit diesen Worten unsere Begegnung zu einem raschen Ende zu bringen, obwohl ich ehrlicherweise zugeben muss, dass ich gar nicht so dringend beschäftigt war.

Doch solche merkwürdigen Gespräche sind mir immer unangenehm. Es gibt ja Menschen, die können Bände füllen mit ihren Ausschweifungen, ohne jemals wirklich etwas zu sagen, geschweige denn irgendwann einmal auf den Punkt zu kommen.

Der ältere Herr nickte unmerklich: „Genau deshalb bin ich hier!", antwortete er mit einem fast feierlichen Unterton.

Jetzt wurde es mir aber doch zu bunt: „Weshalb sind Sie hier? Weil ich zu tun habe oder weil Zeit Geld ist? Oder weil Sie nicht so viel reden wollen? Ach ... sind Sie vielleicht ein Geldbote vom Finanzamt? Natürlich, dass ich

nicht gleich darauf gekommen bin! Kommen Sie doch herein. Die letzten Steuerabzüge kamen mir sofort etwas zu hoch vor. Ich zahle ja gerne meinen Teil, aber was zu viel ist, ist zu viel. Darf ich Ihnen etwas zu trinken anbieten?"

In einem Schwall von Worten und unter wildem Gestikulieren komplimentierte ich den Mann in unser Wohnzimmer und dort auf das Sofa, wo er nun ruhig und gelassen saß.

„Ja, ich trinke gern ein Glas Mineralwasser, wenn Sie so freundlich sind, aber vom Finanzamt komme ich nicht. Ich sagte ja auch nicht ‚zurückerstatten‘, sondern ‚schenken‘. Sie bekommen etwas geschenkt."

Die Enttäuschung muss mir im Gesicht gestanden haben, denn Herr Nimmzeit rutschte mit einem entschuldigenden Gesichtsausdruck noch tiefer in das Polster der Wohnzimmergarnitur.

„Ich bin gekommen, um Ihnen etwas zu schenken, oder besser gesagt: Ich möchte Sie auf ein Geschenk aufmerksam machen!"

Nun wurde ich allmählich wirklich wütend. Da hatte sich dieser Alte unter Vorspiegelung falscher Tatsachen in unsere Wohnung führen lassen, besaß ganz nebenbei die Dreistigkeit, von mir etwas zu trinken zu verlangen, und nun wollte er mich lediglich auf ein Geschenk aufmerksam machen. Die ganze Sache war doch eindeutig faul, oberfaul sogar. Man kennt ja solche Typen: Erst erzählen sie einem lange und umständlich was von „Ge-

13

schenk" und „alles gratis" und „Sie sind der Glückliche" und all dieses Zeug, und zum Schluss hat man dann, ehe man sich versieht, zwei Zeitschriftenabonnements und einen Staubsauger gekauft.

„Also, was ist das nun für ein Geschenk, von dem Sie da dauernd faseln?", fuhr ich ihn giftig an.

Im selben Augenblick tat es mir schon wieder leid, denn die eben noch lebendigen Augen des alten Mannes schauten mich plötzlich traurig und müde an. Fast flüsternd sagte er: „Das Geschenk, auf das ich Sie aufmerksam machen wollte, ist die Zeit. Ich habe Ihnen Zeit geschenkt, aber Sie haben sie sich eigentlich nie wirklich genommen. Sie sind zu beschäftigt."

Jetzt war es mir wirklich egal, wie traurig der alte Mann auch aussah, und ich erwiderte mit bestimmtem Unterton in der Stimme: „Sie wollen mir Zeit schenken, dass ich nicht lache! Zeit gestohlen haben Sie mir. Dauernd vergeuden Sie meine Zeit. Ich pfeife auf Ihr Geschenk!"

Herr Nimmzeit saß nun wieder aufrecht auf der vorderen Sitzfläche des Sofas, stützte sich mit den Armen auf die Knie und schaute mich ernst an: „Darin liegt das eigentliche Problem! Dass Sie glauben, Zeit zu besitzen und jederzeit über Zeit verfügen zu können. Sie wissen noch gar nicht, dass die Zeit ein Geschenk ist, sonst würden Sie anders über diese wundervolle Gabe, die ich Ihnen gebracht habe, reden. Jede Sekunde, jede Minute, jede Stunde, je-

der Tag, jede Woche, jeder Monat und jedes Jahr ist ein Geschenk. Doch die Menschen haben all das vergessen. Für sie ist die Zeit wie eine Autobahn, die sie einfach gedankenlos benutzen und abfahren. Wie sehr sie dabei das Eigentliche übersehen, merken sie gar nicht. Gibt es wirklich einmal Straßenschäden, dann vertrauen alle darauf, dass die Macken schon wieder repariert werden. Glauben Sie wirklich, Sie seien im Besitz Ihrer Zeit? Sie sind nicht im Besitz Ihrer Zeit, sonst hätten Sie ja viel mehr davon. Sie besitzen eigentlich überhaupt keine Zeit, nicht mal ein kleines bisschen, und deshalb kann Ihnen auch niemand Zeit stehlen. Sie haben ja gar keine!"

Während der alte Mann mit den nun wieder leuchtenden Augen sprach, war ich ins Nachdenken gekommen. Irgendwie hatte er recht. Es war schon seltsam mit der Zeit. Da hatte man eigentlich den ganzen Tag zur Verfügung, vierundzwanzig lange Stunden, und wenn man einmal Zeit brauchte, war nie welche da. Immer gab es Termindruck, immer war irgendwo irgendetwas zu tun, zu verabreden, ja selbst die Freizeitgestaltung war streng durchgeplant. Und das letzte bisschen „freie Zeit" entwich in den sogenannten Entspannungsmomenten, die ich vor dem Fernseher verbrachte, wie im Flug. Ja, der Mann hatte recht, eigentlich hatte ich nie Zeit. In Wirklichkeit verfügte ich ziemlich gedankenlos über meine Lebensgestaltung.

Ich war derart in Gedanken versunken, dass ich fast nicht bemerkt hätte, wie Herr Nimmzeit sich still und

heimlich aus unserer Wohnung zurückzog. Ich folgte ihm über die Treppe bis an die Haustür und bat ihn, doch wieder hereinzukommen. Ich wollte gerne noch so viel mehr über dieses Geschenk erfahren.

„Es ist alles gesagt", lächelte der alte Mann, „das Weitere liegt nun an Ihnen!"

„Ja, aber ... aber wie komme ich denn an dieses Geschenk heran? Wer schenkt mir denn nun die Zeit?", rief ich ihm verzweifelt hinterher.

Herr Nimmzeit drehte sich noch einmal um, schaute mich mit ernster Miene an – obwohl ich heute nicht mehr sicher bin, ob er nicht doch ein hintersinniges Lächeln in den Mundwinkeln hatte – und sagte flüsternd: „Sie ist da. Die Zeit. Sie müssen sie sich nur nehmen. Wer das Geschenk anzunehmen und zu schätzen weiß, der wird immer reicher beschenkt werden!"

Die Stadt, die Weihnachten vergessen hatte

Von Jürgen Werth

Sie hatten Weihnachten vergessen. Einfach vergessen. Und sie hatten die Liebe vergessen. Einfach vergessen. Und es war kalt geworden in ihrer Stadt. Nicht nur im Winter. Jeder dachte nur an sich. Den eigenen Vorteil. Das eigene Weiterkommen. Wer dabei im Weg war, wurde erbarmungslos beiseitegeschoben.

Bis sich an einem Sommertag ein alter Holzschnitzer in der Stadt niederließ. Der kannte Weihnachten noch. „Wie lange willst du hierbleiben?", fragte ihn der Bürgermeister.

„Nicht lange!", antwortete der Zimmermann. „Nur bis Weihnachten."

Doch weder der Bürgermeister noch die Leute in der Stadt wussten, was das war – Weihnachten. Und dass sich ein Fremder freiwillig in ihrer Stadt niederlassen wollte, hatten sie überhaupt noch nicht gehört.

17

Der Holzschnitzer war anders als alle. Freundlich. Hilfsbereit. Liebevoll. Was zuerst den Kindern auffiel.

„Warum bist du so anders?", fragten sie ihn.

„Weil ich Weihnachten kenne!", antwortete er.

Und dann nahm er die ersten Kinder mit in seine Werkstatt. Dort entdeckten sie eine neue, unbekannte Welt. Eine ganze Weihnachtslandschaft war dabei zu entstehen. Geschnitzte Engel, Hirten, Tiere, Eltern und ein Kind in einer Krippe. Und er fing an zu erzählen. Von Weihnachten. Von dem Gott, der seine Menschen in ihrer kalten Welt so sehr liebte, dass er sich zu ihnen aufgemacht hatte.

Die Kinder hörten mit großen, staunenden Augen und gespitzten Ohren zu. Offenbar war Gott so einer wie der Holzschnitzer.

Freundlich.

Hilfsbereit.

Liebevoll.

Dem Bürgermeister und seinen Leute wurde die Angelegenheit allmählich unheimlich. Ihre Macht schien in Gefahr. Also veranstalteten sie eine ungelenke Razzia. Doch der Holzschnitzer ließ sich nicht einschüchtern. Und die Kinder schon gar nicht. Sie hatten verstanden: Liebe ist stärker als Hass. Die Weihnachtsfreude hatte sie längst in ihren Bann geschlagen.

Zu Hause erzählten sie von der Welt in der Hütte des Schnitzers. Und von der wundersamen Geschichte, die sie

darstellte. Und dass man noch helfende Hände bräuchte, damit die Krippenlandschaft rechtzeitig fertig würde. Und viele Erwachsene machten mit. Zögernd erst. Neugierig nur. Aber dann mit wachsender Begeisterung.

Dann war es so weit: In wenigen Tagen sollte die Weihnachtswelt auf dem Marktplatz ausgestellt werden.

Der Bürgermeister und seine Leute versuchten alles, um das zu verhindern. Und sie beschlossen, das Baby zu stehlen. Denn so viel hatten sie verstanden: Ohne Baby gibt es kein Weihnachten.

Der Plan gelang. Scheinbar.

Der Zimmermann hatte die Stadt inzwischen verlassen. Hoffnungsvoll, dass die Menschen dort die Weihnachtsgeschichte verstanden hatten. Seine Mission war erfüllt. Nun mussten die Menschen selber entscheiden, ob es endlich wieder Weihnachten werden sollte.

Das aber war keine Frage mehr. Denn auf geheimnisvolle Weise war es anders geworden in der Stadt. Die Menschen waren freundlicher.

Hilfsbereiter. Liebevoller. Weihnachten hatte schon jetzt ihre Herzen verändert. Und ihre Stadt. Und es hatte ihre Fantasie inspiriert, die ja die kleine Schwester der Liebe ist.

Weil das geschnitzte Baby verschwunden blieb, legten sie beherzt ein lebendiges Kind in die Krippe. Und feierten Weihnachten. Zum ersten Mal. Aber bestimmt nicht zum letzten Mal.

Ausgerechnet die Hirten

Von Christoph Zehendner

Du lieber Himmel, das darf doch gar nicht wahr sein. Das glaube ich einfach nicht. Das muss ein Irrtum sein, ein Missverständnis. Ausgerechnet hier, bei diesem verschlafenen Nest.

Ausgerechnet mitten in der Nacht, wo uns kein anständiger Mensch sehen kann, weil die doch dann alle längst im Bett sind. Und hören kann uns auch keiner. Fast keiner.

Höchstens ein paar Hirten.

Hirten? Das darf doch nun wirklich nicht wahr sein.

Ausgerechnet Hirten.

Du lieber Himmel, da muss wohl unser Chefengel eine Anordnung von oben falsch verstanden haben.

Ein Auftritt mit Glanz und Gloria, mit Pauken und Trompeten soll es werden. Ein Auftritt, bei dem wir alle gemeinsam das Lied singen, das wir seit einer Ewig-

keit proben. Das wichtigste aller Lieder überhaupt. Das schönste, das tiefste, das wertvollste. Das Lied der Lieder.

Und das ausgerechnet in der Pampa, irgendwo hinter den sieben Bergen, in der Nähe eines Kaffs, ausgerechnet mitten in der Nacht, ausgerechnet in einer Gegend, wo sich zu dieser Tageszeit nur Hirten aufhalten.

Die Anordnungen des Allmächtigen sind doch sonst immer so weise und perfekt. Aber in diesem Fall kommen da bei mir Zweifel auf.

Kennt der sich etwa nicht aus in der Gegend?

Weiß der nicht, dass es um die Zeit empfindlich kalt werden kann hier draußen?

Und hat ihm eigentlich noch nie jemand gesteckt, dass Hirten wegen ihres Jobs und wegen ihres Umgangs einen gewissen, ähm, einen Makel haben?

Sie riechen etwas streng. Nach Stall. Nach Schaf. Nach Ziege. Nach Mist und nach Lagerfeuer. Genau genommen stinken sie zum Himmel.

Und wer sich denen nähert, der riecht nach 30 Sekunden genauso. Stellen Sie sich das bitte mal vor:

Wir riechen nach Stall. Engel, die nach Stall riechen. Boten des Allmächtigen, die nach Stall riechen.

Wie sollte ich diesen Gestank nur wieder aus den Klamotten herauskriegen? Und erst mal aus den Flügeln ...

Sehen Sie? Vollkommen unmöglich diese Anordnung, da muss sich jemand verhört haben!

Und selbst wenn die Kerle sich ausnahmsweise vor der

Arbeit gewaschen hätten und jetzt so frisch duften würden wie eine Wiese mit Gänseblümchen darauf – selbst dann würde ein Auftritt hier nicht passen. Mit Hirten sollte man sich nämlich möglichst nicht einlassen.

Früher, ja früher war das anders, als König David noch ein Junge war. Der Jüngste der Familie durfte seinen Mut beweisen. Er bekam Verantwortung für das Vieh und verteidigte diesen Reichtum der Familie gegen wilde Tiere. Er empfahl sich so für höhere Aufgaben. Und ganz nebenbei übte er auf der Weide Harfe und wurde so zu unser aller Vorbild.

Damals, das war noch ein echtes Hirtenleben mit Niveau.

Aber heute?

Heute hüten nur irgendwelche abgebrannten Minijobber das Vieh. Tagelöhner, Schwarzarbeiter, Arbeitsmigranten. Kommen von irgendwoher, nisten sich irgendwo ein und kriegen ein paar Cent dafür, dass sie auf die Herden der reichen Leute aufpassen. Weil sie selbst nichts besitzen, setzen sie ihr Leben ein und kümmern sich für Geld um Schafe und Ziegen. Notdürftig, mit wenig Fleiß.

Und die Allerschlimmsten von ihnen, das sind die, die zur Nachtwache eingeteilt werden. Ich sag Ihnen: Hallodris. Dunkelmänner. Schattengestalten. Treiben die Tiere zusammen, stecken sie in ein provisorisches Gatter, geflochten aus dornigen Zweigen. Und dösen dann am Lagerfeuer vor sich hin.

Kennen Sie das Sprichwort, das man sich in Bethlehem über solche Typen erzählt? „Lerne brav in der Schule, sonst kannst du als Hirte auf den Feldern arbeiten." Gut, oder? Das sagt doch alles!

Also, mal ehrlich: Das kann doch wohl nicht im Sinne des Allmächtigen sein, dass wir mit unserem Topchor ausgerechnet hier, ausgerechnet in dieser Umgebung, das größte Lied der Weltgeschichte anstimmen!

Nein, nein, das kann überhaupt nicht sein, das darf überhaupt nicht sein.

Psst, wenn Sie mich nicht verraten: Ich habe da etwas läuten hören, von einem der Engel mit besten Drähten zur Chorleitung: Wir sollen gleich bei einer ganz besonderen Geburtstagsparty auftreten, habe ich gehört. Ein Geburtstagsfest, das alles in den Schatten stellen soll, was es bisher gegeben hat. Und deswegen sind wir als Höhepunkt gebucht. Und deswegen singen wir gleich dieses unvergleichliche Lied aller Lieder.

Sie können doch schweigen, oder? Also, dann verrate ich Ihnen schon mal den Text, vielleicht wollen Sie ja heimlich mitsingen. Aber verpfeifen Sie mich bitte nicht:

Ehre sei Gott in der Höhe und Friede auf Erden den Menschen seiner Gnade.

Haben Sie das gehört und haben Sie verstanden? Gott soll endlich die Ehre entgegengebracht werden, die ihm

zusteht. Endlich werden da klare Verhältnisse herrschen. Endlich wird es so, wie es immer schon gedacht war. Endlich werden alle Menschen begreifen, dass sie die falschen Machthaber oder die falschen Dinge angebetet haben, dass nur der Allmächtige Ruhm und Ehre verdient. Welch eine herrliche Aussicht. Welch einmalige Botschaft. Wir werden sie aus vollem Halse singen, jubeln, schmettern.

Und wenn das erst so richtig eingesickert ist in die Ohren, die Herzen, die Hirne unserer Zuhörer, dann setzen wir noch einen drauf:

FRIEDEN.
PEACE.

Mildes Klima im Rauhen Haus

Von Claudia Filker

Johann hielt seinen Kopf gesenkt und drückte sich am Rahmen der großen Saaltür vorbei. Nur jetzt nicht in die Augen von Pastor Wichern sehen müssen, dachte er.

Der Pastor stand an der Tür und nickte den hereinströmenden Jungen freundlich zu, die sich wie jeden Morgen lärmend und polternd auf die langen Holzbänke des großen Betsaales verteilten.

„Guten Morgen, Johann. Komm doch mal zu mir."

Johann erschrak. Mit einiger Mühe schob er sich die zwei Meter durch die Jungenhorde durch, bis er vor Pastor Wichern stand. „Nun, mein Junge, ich hoffe, du hattest eine gute, warme Nacht in deinem Schlafsaal." Johann nickte und blickte immer noch angestrengt auf seine Schuhspitzen. „Und wie ich sehe, hat Frau Hansen dir gestern noch ein warmes Bad verpasst."

Pastor Wichern hielt mit der Hand Johanns Kinn umfasst und hob dessen Kopf zu sich hoch. Nun sprach er mit leiser Stimme weiter: „Ich freue mich, dass du wieder bei uns bist. Du gehörst doch zu uns. Und heute bist du dran. Nun los, such dir einen Platz in der ersten Bankreihe." Mit eiligem Schritt lief Johann durch den großen Saal und quetschte sich zwischen Konrad und Heinrich auf die Bank.

Johanns Herz klopfte vor Aufregung bis zum Hals. Gleich würde er von Pastor Wichern nach vorne gerufen werden. Er stellte sich vor, wie ihn hundert Augenpaare anstarren würden. Ob sie alle wussten, was er angestellt hatte? Aber natürlich. Gestern hatte ihn eine große Schar neugieriger Jungen umringt, als der Pastor mit ihm den großen Vorraum des „Rauhen Hauses" betreten hatte.

„Na, du Ausreißer, hat dich der Hunger zurückgetrieben?" Carl hatte ihn bei diesen Worten in die Seite gepufft. Und sein Bettnachbar Ludwig hatte sich die Nase zugehalten: „Iiih, Johann, hast du bei den Schweinen gehaust?"

Nein, den anderen würde er nicht verraten, was er in den letzten Tagen erlebt hatte. Er wusste eigentlich selber nicht, warum er wieder zum Hamburger Hafen gelaufen war. Um sich herumzutreiben bei den großen Segelschiffen, die im Winter hier festlagen, und zu träumen, wie es wohl wäre, mit ihnen über die weiten Meere zu fahren? Allerdings hatte er vergessen gehabt, wie

schnell sich Hunger und Kälte zu einem gesellen. Und dass Hunger und Kälte noch viel schlimmer sind, wenn man allein ist. Er hatte sich um die Hütten der Fischhändler geschlichen, im Abfall nach Essbarem gewühlt und in einer alten Kate zusammengekauert hinter alten Fischfässern, nur notdürftig bedeckt mit stinkenden Säcken, die Nächte verbracht. Und beim Einschlafen hatte er an die anderen gedacht, die jetzt im großen warmen Speisesaal eine reichliche Abendmahlzeit zu sich nahmen. Zwei Nächte hatte er so verbracht, bis am Nachmittag des dritten Tages sich eine schwere Hand auf seine Schulter gelegt hatte: „Du bist doch gewiss hungrig, Johann." Er hatte nicht hochsehen müssen, um zu wissen, wer mit ihm sprach. Pastor Wichern selbst hatte ihn gesucht. Wortlos hatte er ihn an die Hand genommen und zu einem Bäcker geführt. „Geben Sie dem Jungen alles, was er sich wünscht." Und Johann hatte gegessen und gegessen – bis er endlich satt war. Pastor Wichern hatte ihm dabei zugesehen und zum Schluss gemeint: „Nun, Johann, lass uns nach Hause zu den anderen gehen. Ich denke, es wäre wohl besser, dies bliebe unser Geheimnis."

Und dabei hatte er ihm freundlich zugezwinkert.

„Johann, Johann! Nun komm schon her!" Die kräftige Stimme von Pastor Wichern riss Johann aus seinen Erinnerungen. Er sprang auf und eilte nach vorn, erstieg die beiden Stufen des Podestes, auf dem Wichern in einem

hohen Lehnstuhl an einem großen Tisch saß. Johann wusste, was ihn nun erwartete.

Pastor Wichern erhob sich, und die ganze Meute, die manchmal lärmen konnte wie in einem Tollhaus, war mucksmäuschenstill. „Heute ist Johann unser Lichtbringer. Heute ist der 8. Dezember 1839, und auf unserem Adventswagenrad brennen schon sieben Kerzen. Jede neue Kerze bezeugt uns, dass der gütige Gott ein helles Licht zu uns geschickt hat. Sein Sohn Jesus ist zu uns gekommen. – Hier Johann, du entzündest heute das achte Licht."

Pastor Wichern reichte Johann eine lange Kerze. Mit zitternden Knien ging dieser das Podest hinunter, die Kerze fest umfasst. In der Nähe der Orgel war ein großes Wagenrad aufgehängt, auf dem 24 Kerzen angebracht waren. Sieben Kerzen verbreiteten bereits ein warmes Licht. Johann stieg auf einen Stuhl und entzündete die achte.

Zurück auf seinem Bankplatz flüsterte ihm Konrad ins Ohr: „Und ich dachte schon, jetzt erwischt dich das große Donnerwetter. Aber im Advent donnert's wohl nicht."

1839 hängte Pastor Johann Hinrich Wichern, Gründer des „Rauhen Hauses", einer Einrichtung für obdachlose und verwahrloste Jungen in Hamburg, den ersten Adventskranz auf. Es war ein Wagenrad, auf dem 19 kleine weiße und 4 große rote Kerzen (für die Adventssonntage) angebracht waren. Später

wurde das Wagenrad mit Tannenzweigen geschmückt. Dieser Adventskranz ist der Vorläufer unseres heutigen Adventskranzes mit seinen vier Kerzen.

Heimatgefühle, Currywurst und verlorene T-Shirts

Von Sabine Langenbach

Die Kälte kroch unter ihren Mantel und sogar in die Schuhe. Der Wind pfiff erbarmungslos um ihre Ohren. Aber eine Mütze aufsetzen, das kam für sie nicht infrage. Sie wollte alles um sich herum hören, riechen, sehen, wahrnehmen, aufsaugen und genießen. Das war ihre Stadt! Und sie war endlich wieder hier! Wenn auch nur für 24 Stunden – eine kleine Atempause im Advent. Jedes Mal, wenn sie nach Berlin zurückkehrte, überkam sie ein seltsames Gefühl von „zu Hause sein". Und das, obwohl sie schon seit 40 Jahren im Ruhrpott lebte. Schnell hatte sie im Hotel eingecheckt. Jetzt stand sie auf dem Bahnhof Friedrichstraße und wartete auf die S-Bahn nach Steglitz.

Ratternd fuhr der Zug ein. Sie stieg ein und fuhr bis zum Rathaus Steglitz. Dort wechselte sie in den Bus. Am Steglitzer Damm, direkt vor ihrer alten Haustür, stieg sie aus und ging die paar Meter bis zu „Krasselt's", denn

hier eine Currywurst zu essen war Pflicht, wenn sie in der Stadt war. Diesen Imbiss hatte es schon in ihrer Kindheit gegeben. Mittags nach der Schule hatte sie hier immer nach alten Ketchup-Brötchen gefragt. Die hatte es nämlich umsonst gegeben! Das Brötchen war zwar steinhart gewesen, aber darauf war es nicht angekommen! Der hausgemachte Ketchup war die eigentliche Leckerei gewesen, und den hatte sie genüsslich abgeschleckt. Der Rest war in den Müll gewandert. Im Gehen schüttelte sie den Kopf. Das hatte sie gemacht? Als Grundschülerin hatte sie sich über so was wie „Hunger in der Welt" und „verantwortungsvoller Umgang mit Lebensmitteln" noch keine Gedanken gemacht.

Beim Imbiss angekommen, bestellte sie zweimal Curry, ein Brötchen und Fassbrause. Und wunderte sich über sich selbst: Sie hatte gerade tatsächlich berlinert!

Während sie herzhaft in die Currywurst biss und vor sich hinkaute, überkam sie ein Flashback: Sie war drei Jahre alt und stand mit ihrer Oma und ihrem Lieblingskuscheltier Lina im Arm vor Opas weißem Opel Commodore. „Beatchen, wink doch mal in die Kamera!", hatte die Oma gesagt. Sie hatte das total peinlich gefunden.

Sie schüttelte sich etwas und war wieder in der Realität. Ja. Genau hier vor dem Imbiss war das Foto aufgenommen worden. Neulich hatte sie es noch in der Hand gehabt. Vielleicht erinnerte sie sich deshalb so lebhaft an die Szene? Ansonsten hatte sie vieles von damals vergessen.

Sie stippte auch das letzte bisschen Ketchup mit dem Brötchen auf, trank die Fassbrause leer und ging wieder zum Bus. Jetzt war shoppen an der Steglitzer Schlossstraße angesagt. Hier war die Zeit nicht stehen geblieben. Da, wo früher das rote Backstein-Rathaus gestanden hatte, war jetzt ein großes Einkaufszentrum, das seinem Namen Ehre machte. Das „Schloss": pompös, großzügig – und viel Gold hatte es zu bieten. Hier flanierte sie durch die Etagen auf der Suche nach einem originellen Mitbringsel für Tochter und Sohn. Auch wenn es draußen schon sehr winterlich war: T-Shirts sollten es sein, die etwas mit ihrer Lieblingsstadt zu tun haben sollten. Denn der nächste Frühling kommt bestimmt. Aber sie fand nur Geschäfte, die es mittlerweile überall gab, oder Souvenir-Läden mit Ramsch.

Beate wollte schon fast aufgeben, da entdeckte sie einen winzigen Shop, vollgestopft mit originellen Shirts. Sie verliebte sich sofort in ein schwarzes, auf dem mit Strasssteinchen das Wort „Exilberlinerin" zu lesen war. Eigentlich war so etwas Kitschiges gar nicht ihr Fall. Aber die Aufschrift drückte aus, wie sie sich fühlte. Sie probierte es an. Es passte super. Erst dann fragte sie nach dem Preis – und erstarrte. So viel hatte sie noch nie für solch ein Oberteil ausgegeben. Doch jetzt war es zu spät. Sie musste es haben! Eine halbe Stunde verbrachte sie noch in dem Store, begutachtete ein Shirt nach dem nächsten und schwatzte mit der netten Verkäuferin, von der sie gleich

geduzt wurde. Schließlich fand sie das Passende für ihre Kinder. Tief durchatmen war dann beim Bezahlen angesagt.

Mehr als 100 Euro musste sie hinblättern. Was ein Luxus!, dachte sie und reichte ihre Kreditkarte über den Verkaufstisch.

Glücklich über ihren Einkauf, den sie in einer Papiertüte trug, verließ sie das Geschäft und ging schnurstracks zur U-Bahn. Sie hatte eine Einladung zum Kaffeetrinken bei Freunden im Osten der Stadt. Eine Stunde Fahrt musste sie dafür einrechnen. Die U-Bahn kam sofort. Beate setzte sich und war ganz in Gedanken. Am Bahnhof Zoo musste sie in die S-Bahn umsteigen. Sie sprang vom Sitz auf und drängelte sich durch die Leute zum Bahnsteig. „Zurückbleiben!", hörte sie die automatische Stimme. Plötzlich überkam sie ein mulmiges Gefühl. Sie überlegte: „Handtasche? Ist da! Shopper? Auch! T-Shirt-Tüte?"

Oh nein! Die stand noch in der U-Bahn, von der nur noch die Rücklichter zu sehen waren. Sie hätte heulen können. Was nun? Ihr erster Gedanke: Infopunkt der Verkehrsgesellschaft! Die können doch mit dem Fahrer Kontakt aufnehmen. Sie rannte über die verschiedenen Ebenen des Bahnhofs, verlief sich und kam völlig außer Atem bei der Servicestelle an. Fünf Leute vor ihr. Warten war angesagt, während ihre Shirts unterwegs nach Rudow waren. Wenn sie nicht schon jemand mitgenom-

men hat und sich über die schicken, teuren Oberteile zum Nulltarif freut, dachte sie bitter. Wieder stiegen Tränen hoch, diesmal vor Wut über sich selbst. Was bin ich dusselig!, dachte sie immer wieder.

Nach knapp zwanzig Minuten war sie endlich an der Reihe. Sie schilderte, was passiert war, und bat, dass man dem Fahrer oder an der Endhaltestelle Bescheid geben würde. „Ick kann da niemandn anrufen, det jeht nich!", sagte die sichtlich genervte Dame und drückte ihr eine Karte vom Fundbüro in die Hand. „Da könnse anrufen, vielleicht hamse Jlück!" Und damit war die Sache für die Sachbearbeiterin am Schalter erledigt.

Traurig und wütend stapfte Beate die Treppen hoch. Im U-Bahn-Schacht hatte sie keinen Handyempfang. Draußen, in Eiseskälte, wählte sie mit zittrigen Händen die Nummer der Fundstelle. Ein freundlicher Mann am anderen Ende erklärte, dass er ihr zu diesem Zeitpunkt nicht weiterhelfen könne. Fundsachen würden erst nach der letzten Schicht gesammelt und dann weitergeleitet. Sie solle in drei Tagen noch mal anrufen. „Da bin ich schon längst wieder zu Hause!", sagte sie unter Tränen. Als er ihr zum Schluss „Noch einen schönen Aufenthalt in Berlin" wünschte, war es mit ihrer Fassung vorbei.

Bis vor einer Stunde war alles richtig schön gewesen! Aber in Selbstmitleid zu versinken, war nicht ihr Ding. Also riss Beate sich zusammen, schaute auf die Uhr und dachte auf einmal ganz nüchtern: Jetzt kannst du nichts

machen. Fahre lieber deine Freunde besuchen! Das tat sie.

Mit ordentlicher Verspätung kam sie an. Die Kinder der Freunde ließen sie das Malheur zwischenzeitlich total vergessen. Aber kaum war sie wieder auf dem Weg zum S-Bahnhof, wurmte es sie umso mehr, dass sie die Tüte hatte stehen lassen.

Ganz plötzlich war er da, der Gedanke: „Ich fahr noch mal nach Steglitz!" Sie schaute auf die Uhr. Zeit genug war bis Ladenschluss. Aber noch mal so viel Geld ausgeben? Nein, das ging gar nicht. Als sie an der Haltestelle ankam, die ihrem Hotel am nächsten lag, stieg sie aus und war wild entschlossen, eben etwas anderes für die Kids zu kaufen.

Sie ging die Einkaufsstraße im Sturmschritt rauf und runter, fand aber alles zu kitschig oder einfach unpassend. Plötzlich stand sie wieder an der S-Bahn-Station. Da hatte sie doch gar nicht hingewollt. Aber da war es wieder: Das Gefühl, der Eindruck, dass sie noch mal hinfahren sollte, ohne zu wissen, warum.

Eigentlich verrückt, was ich hier mache!, war ihr Gedanke, als sie eine knappe halbe Stunde später das Einkaufszentrum betrat. Im Shirt-Laden sah sie sofort die freundliche Verkäuferin vom Mittag. „Du glaubst nicht, was mir passiert ist!", brach es aus Beate heraus. Bevor sie weiterreden konnte, antwortete die junge Frau: „Doch." Hatte sie sich verhört? Woher sollte diese Frau wissen, was sie die letzten Stunden erlebt hatte? Also ignorierte sie den

Einwand und redete einfach weiter: „Ich habe die Tüte mit euren geilen Shirts in der U-Bahn stehen lassen!"

„Ich weiß!", war die lachende Antwort.

Beate war total irritiert: „Wie? Du weißt?!"

Da erklärte die Verkäuferin, dass sie am Nachmittag einen ungewöhnlichen Anruf erhalten hatte. Eine Frau erklärte, dass sie eine Tüte mit Shirts samt Kassenbon von dieser Filiale in der U-Bahn gefunden hatte und wissen wollte, ob bekannt wäre, wer die Teile gekauft hatte. Sie wollte die Fundstücke gerne zurückbringen.

„Hier, das ist die Nummer von der Frau. Ruf die gleich mal an!" Beate konnte ihr Glück kaum fassen und wählte gleich die Nummer. Sie nannte nicht ihren Namen, sondern sagte: „Hier ist die Frau, die ihre T-Shirt-Tüte in der U-Bahn stehen gelassen hat!" Ein Lacher auf der anderen Seite brach das Eis.

Beate bedankte sich herzlich, dass die Finderin sich im Laden gemeldet hatte. „Ich weiß auch nicht, wie ich auf die Idee gekommen bin!", sagte die freiheraus. Und auf die Anmerkung „Andere hätten die Shirts behalten!", erwiderte sie nur lachend: „War ja nicht meine Größe!"

Da Beate am nächsten Tag schon wieder nach Hause fuhr, vereinbarten sie, dass die Fundsachen per Post verschickt werden sollten, die Kosten würde sie natürlich übernehmen. Sie konnte gar nicht aufhören, Danke zu sagen. Als sie aufgelegt hatte, schaute sie in das Gesicht der Verkäuferin, in dem sich eine Mischung aus Erstau-

nen und Freude spiegelte: „So was ist mir in all den Jahren noch nicht passiert."

„Ja, das ist schon total abgedreht. Was bin ich froh, dass ich doch noch mal hergekommen bin. Sonst hätte ich die Shirts nicht zurückbekommen", sagte Beate zum Abschied und ging beschwingt wieder zur S-Bahn zurück.

Wenn sie schon im Advent in Berlin war, musste sie noch auf den Weihnachtsmarkt auf dem Gendarmenmarkt. Was ein verrückter Tag!, schoss es ihr durch den Kopf, als sie in der S-Bahn aus dem Fenster schaute und die weihnachtlich beleuchtete Stadt bewunderte. Sie wurde das Gefühl nicht los, dass ihr das alles nicht zufällig passiert war. Sie sollte daraus etwas lernen. Aber was? Sie beschloss, diese Frage erst mal zur Seite zu schieben und den Weihnachtsmarkt zu genießen.

Die Kälte machte ihr nichts aus. Im Gegenteil: Sie passte perfekt zu der Stimmung. Beate gönnte sich einen Winzerglühwein. Während sie ihn genüsslich schlürfte, beobachtete sie das Treiben um sich herum. Im Augenwinkel nahm sie eine Menschenansammlung wahr. Sie drehte sich dorthin und entdeckte, dass gerade ein Frauenchor dabei war, eine Aktionsbühne zu betreten. Die Damen im fortgeschrittenen Alter stellten sich auf und schmetterten alte Weihnachtslieder.

„Glo-o-o-o-o-o, o-o-o-o, o-o-o-o-oria in exelsis Deo..." Ihr wurde ganz warm ums Herz – und das lag nicht am Glühwein!

Dieses Lied hatte sie früher im Kinderchor in Steglitz gesungen. „Lasst uns zu dem Kripplein eilen, seht das Wunder, das geschah. Heut will sich der Himmel teilen. Gott wird Mensch, Halleluja!", klang es jetzt über den Platz. Ja, dachte sie. Das war schon ziemlich abgefahren, dass Gott als Baby auf die Welt gekommen ist, und dann noch in einem dreckigen, stinkenden Stall – und das aus Liebe zu uns Menschen!

Sie wärmte sich die Hände an der Glühweintasse und stutzte. Fast unglaublich war auch das, was sie heute mit ihren verloren geglaubten T-Shirts erlebt hatte. Aber es war tatsächlich passiert. Langsam dämmerte es ihr: Das war also die Lektion, die sie lernen sollte!

Morgen, Kinder, wird's nichts geben

Von Hannelore Schnapp

Schweißgebadet stellte sie die schweren Einkaufstaschen vor der Haustür ab. „Wo ist wieder dieser elende Haustürschlüssel?" Verzweifelt suchte sie ihn in ihren Pelzmanteltaschen und ihrer Handtasche. Ohne Erfolg. Langsam wurde Marietta nervös. Hoffentlich hatte sie ihn nicht irgendwo liegen lassen. Ob er ihr aus der Manteltasche gefallen war und im Auto lag? Umsonst durchsuchte sie den Wagen und die Einkaufstaschen. Wenn jetzt schon die Kinder hier wären!, dachte sie und kämpfte mit den Tränen. Mariettas großes Haus lag wie eine uneinnehmbare Festung vor ihr. Seitdem ihr Mann ausgezogen war, wurde es immer mehr zu ihrer Festung, hinter der sie sich in die Erinnerung an alte Tage zurückziehen konnte. In den letzten vier Monaten hatte sie es nach ihren Vorstellungen umdekoriert und so manches alte Schätzchen vergangener Tage auf den Sperrmüll entsorgt. Was wer-

den die Kinder sagen, wenn sie morgen kommen? Ben aus Tokio und Julia aus New York? „Mach dir ein schönes Leben und trauere Papa nicht hinterher. Der wird schon bald merken, was er an dir gehabt hat!", hatte Ben beim Abschied gesagt und sie liebevoll in den Arm genommen.

Aber die Einsamkeit und diese furchtbare Hilflosigkeit waren geblieben. Und nun stehe ich hier, einen Tag vor Heiligabend und komme nicht in mein eigenes Haus, denkt sie.

„Kann ich dir helfen?" Die Nachbarin schaut über den Zaun zu ihr rüber.

„Ich habe meinen Schlüssel verloren."

„Komm rüber. Wir rufen den Schlüsseldienst an und trinken derweil eine Tasse Tee zusammen."

Es dauerte zwei Stunden, dann konnte Marietta endlich in ihr Haus.

„Sie sollten sich schnellstens um ein neues Schloss kümmern. Es kann sein, dass Sie sonst nachts Besuch bekommen, den Sie nicht eingeladen haben", empfahl der Mann vom Schlüsseldienst.

Marietta versprach, sich darum zu kümmern, und gab dem Mann dankend die 300 Euro aus ihrer prall gefüllten roten Brieftasche. „Frohe Weihnachten! Und vielen Dank!"

Stunden der Arbeit lagen vor ihr. Zu Bachs Weihnachtsoratorium schmückte sie den Baum mit ihren handbemal-

ten Weihnachtskugeln und echten Bienenwachskerzen. Liebevoll verpackte sie die Geschenke für die Kinder und legte sie unter den Baum. Als es dunkel wurde, begann sie, den Rotweinbraten einzulegen, schnitt die Zutaten für den Heringssalat und formte aus der vorbereiteten und gekühlten Nougatmasse die Lieblingspralinen ihrer Tochter. Aus Rosenwasser, Puderzucker und gemahlenen Mandeln bereitete sie dann feines Marzipan für die kleinen Bethmännchen, das Lieblingsgebäck ihres Sohnes. Schon lange war sie nicht mehr so glücklich gewesen. Hundemüde ging sie gegen Mitternacht zu Bett.

Kaum eingeschlafen, schreckte sie auf. Tatsächlich, das Telefon neben ihrem Bett schellte. „Hallo", meldete sie sich verschlafen.

„Guten Morgen, Mama. Ich bin's, Ben aus Tokio. Oh entschuldige, bei dir ist es Mitternacht. Habe ich dich etwa geweckt?"

„Nein, mein Junge", log sie.

„Mama, meine Firma hat mir noch ein weiteres Meeting aufs Auge gedrückt. Es ist so wichtig, dass ich meinen Abflugtermin umbuchen musste. Ich kann jetzt erst am 2. Weihnachtstag bei dir sein. Ist das sehr schlimm für dich?"

Marietta spürte, wie ihr die Traurigkeit die Kehle zuschnürte. Ihr erstes Weihnachten ohne ihren Mann, der sich mit seiner jungen Geliebten auf Mauritius in der Sonne aalte, und nun auch noch ohne ihren Sohn.

Reiß dich zusammen, dachte sie. Mach dem Jungen kein schlechtes Gewissen.

„Schon gut, mein Junge. Ich freue mich schon, dich am 2. Weihnachtstag in die Arme nehmen zu können. Sorg dich nicht um mich, deine Schwester ist ja bei mir. Ich bin also nicht allein. Und viel Erfolg bei deinem Meeting."

Marietta suchte nach einem Taschentuch, um sich die Tränen abzuwischen, dann löschte sie das Licht und schlief unruhig ein. Wieder schellte in ihren Träumen das Telefon, oder war es doch Wirklichkeit gewesen?

Marietta griff schlaftrunken nach dem Hörer.

„Hallo", hauchte sie in das Rauschen des Telefonhörers.

„Mamilein, ich bin's, Jule. Entschuldige, dass ich dich geweckt habe, aber es ist was Tolles passiert. Stell dir vor, Bob hat mir einen Heiratsantrag gemacht."

„Wie schön, mein Kind. Aber hättest du mir das nicht später sagen können?"

„Nein, eben nicht. Mamilein, ich kann Heiligabend nicht bei dir sein, da fahren wir doch zu Bobs Familie, um es ihnen zu sagen. Und am 2. Weihnachtstag würden wir dann zu dir kommen. Du bist uns doch nicht böse, Mamilein, oder? Du hast doch Ben bei dir."

„Genau. Feiert schön, und ich freue mich, wenn du mit Bob später kommst."

Sie wechselten noch wenige Worte, dann legte Marietta unter Tränen auf. Durch ihre Gedanken tanzten Bilder aus alten Tagen. Alle, die sie lieb hatte, waren da. Immer

war es ihr größter Wunsch gewesen, ihrer Familie ein harmonisches Zuhause zu schenken. Jetzt hatten sich alle verabschiedet. Nur sie war zurückgeblieben. Eine einsame Wächterin in einem verlassenen Turm, und heute, am Heiligen Abend, schien eine Lawine der Trauer und der Einsamkeit auf sie zuzurollen. Gegen 3 Uhr endlich besiegte der Schlaf die Trauer.

Leise drehte sich der Schlüssel in der Haustür. Fremde Schritte betraten das Haus. Der Lichtstrahl einer Taschenlampe erforschte den Flur, suchte den unbekannten Weg durch die Räume der unteren Etage. Im Wohnzimmer glühte der Kamin noch wenig.

Das Licht fiel auf den festlich geschmückten Weihnachtsbaum. „Wow! Ist ja voll krass! Guck dir den Baum an!", flüsterte die eine Stimme.

„Komm erst mal ans Feuer und wärme dich auf. Meine Finger sind kalt wie Steineis."

„Ich habe solchen Hunger. Wer so 'nen abgefahrenen Tannenbaum hat, der hat bestimmt auch einen vollen Kühlschrank."

Im Schein der Taschenlampe fanden sie die Küche.

„Köstlich. Probier mal die Kekse. So welche hat meine Oma früher für mich gebacken, als ich klein war."

„Schau mal in den Kühlschrank. So viel Essen habe ich schon lang nicht mehr gesehen. Ich will die Torte und dazu . . . und den Sekt da in der Tür."

„Mach du den Korken auf, ich suche derweil nach Löffeln. Aber sei leise."

Marietta schreckte aus dem Schlaf hoch. Woher kam dieser Knall, oder hatte sie alles nur geträumt? Sie machte das Licht an und sah auf die Uhr. 4:20 Uhr. Was für eine Nacht. Da – plötzlich schien es ihr, als ob sie Stimmen im Haus hörte. Leise stand sie auf und zog ihren Bademantel und ihre Hausschuhe an. Aus ihrem Nachttisch holte sie eine Taschenlampe und die Gaspistole, die ihr Ben bei seinem letzten Besuch gekauft hatte. Vor Angst schlug ihr das Herz bis zum Hals, als sie die Treppe hinunterschlich. Aus dem Wohnzimmer kam ein Flüstern und Kichern.

Behutsam öffnete Marietta die Tür. Am Tannenbaum brannten einige Kerzen. Für einen Moment begegneten sich die beiden Lichtkegel der Taschenlampen. Mariettas Augen fielen auf zwei Jugendliche, die mit der Marzipansahnetorte, die sie extra zum Fest gebacken hatte, und einer Flasche Sekt zwischen Kamin und Tannenbaum saßen. Das Mädchen ließ vor Schreck den Löffel fallen, als ihr Blick auf die Pistole in den Händen der fremden Frau fiel. Marietta schaltete das Licht ein.

„Können Sie mir bitte sagen, was Sie in meinem Haus machen? Und wie sind Sie hier reingekommen?"

Der Junge zog ihren Haustürschlüssel aus der dünnen Jacke.

„Hast du an der Ladenkasse liegen lassen. Eigentlich

war ich scharf auf dein Portemonnaie. Aber dann hab ich gedacht, der Schlüssel tut's auch."

„Wie haben Sie mein Haus gefunden?"

„Easy. Adresse steht ja mit dran."

In Marietta stieg die Wut hoch, besonders über ihr leichtsinniges Verhalten.

„Wir wollten nichts klauen, ehrlich nicht. Wir hatten nur Kohldampf und wollten uns aufwärmen. Dann wären wir wieder abgehauen. Du hast doch so viel Fresszeug im Kühlschrank, da kommt es doch wohl nicht auf den Kuchen und den Sekt an. Oder willst du jetzt etwa die Bullen rufen?"

„Selbstverständlich! Sie sind schließlich bei mir eingebrochen. Warum sind Sie denn nicht zu Hause um diese Uhrzeit?"

„Kannste nicht mal die Knarre runternehmen? Wir sind total harmlos. Zuhause haben wir nicht. Jessi und ich leben schon seit drei Jahren auf der Straße. Ihr Alter hat sie geprügelt und meine Alten hängen an der Flasche. Nicht alle haben so 'nen Nobelschuppen wie du."

Marietta legte die Waffe auf den Kaminsims und setzte sich in den Sessel.

„Und jetzt lebt ihr von Einbrüchen?"

„Wir leben von dem, was die Leute so wegschmeißen. Wenn wir Glück haben, pennen wir in der Notschlafstelle. Da gibt's auch mal 'ne Dusche und 'nen Doktor, wenn wir krank sind."

„Gibt es denn kein Heim, wo Sie leben können? Junge Menschen wie Sie brauchen doch ein Dach über dem Kopf und Schule und etwas zu essen."

„Wir waren im Heim. Das war zum Kotzen. Da ist die Straße noch besser."

„Entschuldigung, darf ich mal deine Toilette benutzen?", bat das Mädchen.

„Da vorne an der Haustür ... Ja, aber was mache ich jetzt mit euch?"

In Mariettas Gedanken tobte ein Orkan.

„Wenn Sie die Bullen rufen, lochen die uns am Heiligen Abend ein. Dann haben wir es irgendwo in 'nem beschissenen Heim wenigstens warm und was zu essen", antwortete der Junge cool. „Auf eine Anzeige mehr oder weniger kommt es auch nicht mehr an."

„Tom, du musst mal das Bad sehen. Wie im Hilton!", begeisterte sich Jessi, als sie zurückkam und sich zu dem Jungen an den Tannenbaum setzte. Marietta musste plötzlich an ihre Kinder denken.

Wie oft hatte sie sich den Vorwurf gemacht, sie zu sehr geliebt und verwöhnt zu haben. Man kann Kinder gar nicht zu sehr lieben, dachte sie. Ihr Entschluss stand fest.

„Was halten Sie davon, wenn ich Sie nicht anzeige, sondern Sie beide einlade, den Heiligen Abend mit mir zu feiern? Meine Kinder können nicht kommen und mein Mann feiert dieses Jahr das Fest ohne mich. Sie beide können sich duschen und frisch machen. Meine

Kinder haben noch Sachen im Schrank, die passen Ihnen bestimmt, und ich koche für uns alle Kaffee und mache Frühstück?!", schlug Marietta vor.

Verdutzt sahen sich die beiden Jugendlichen an.

„Und das ist auch kein Trick? Ich meine, dass du doch noch die Bullen anrufst?", fragte Tom.

„Nein. Sie können mir vertrauen."

„Ich finde die Idee einfach super!" Jessi strahlte über das ganze Gesicht. „Wie heißen Sie eigentlich?"

„Ich heiße Marietta."

„Dann können wir doch jetzt auch du sagen, oder?"

Mit Tom und Jessi zog neues Leben ins Haus. Marietta wusch ihre Kleidung, gemeinsam backten sie eine neue Marzipantorte und kauften zusammen ein. Unterwegs in der winterlichen Stadt zeigten Tom und Jessi ihr, wo und wie sie dort lebten. Mariettas Blick öffnete sich für das Leid der Straße, das ihr bis heute verborgen geblieben war. Vor dem Friseur ließ Marietta die beiden draußen stehen. Während sie unter der Trockenhaube saß, sah sie, wie die beiden mit anderen Jugendlichen sprachen, sich umdrehten und auf sie zeigten.

„Seid ihr viele, die auf der Straße leben?", fragte sie die beiden auf dem Weg nach Hause.

„In unserer Clique sind wir acht. Jeder hat seine eigene Geschichte. Zu Weihnachten ist es ganz besonders schlimm! Einige sind auf Drogen, andere schnüffeln und saufen gegen die Kälte und zum Vergessen", erzählte Jessi.

Marietta hatte eine Idee: „Mein Haus ist groß genug. Holt die anderen auch noch. Sie können sich duschen, was essen, und wenn sie mögen, feiern wir zusammen Weihnachten."

„Ey, Mann, das kannst du nicht tun. Du kennst die gar nicht?!", warf Tom ein.

„Na und? Die kennen mich doch auch nicht, also alles eine Sache des gegenseitigen Vertrauens. Fragt sie, ob sie wollen. Ich koche inzwischen unser Weihnachtsessen. Um 18:00 Uhr ist Bescherung!"

Schon lange war Marietta nicht mehr so glücklich gewesen. Alles hatte einen Sinn bekommen. Sie packte die neuwertigen Kleidungsstücke aus den vollen Schränken ihrer Kinder mit zu den Geschenken unter dem Tannenbaum. Für Ben und Jule würde übermorgen nichts mehr da sein. Aber sie hatten eigentlich ohnehin schon alles, was sie zu einem glücklichen Leben brauchten.

Um 17:00 Uhr schellte es an der Tür.

„Kommt herein. Ich heiße Marietta und wünsche euch frohe Weihnachten."

„Krasser Tempel hier!", staunte einer der Jugendlichen. „Hoffentlich tut dir das nicht leid mit uns Chaoten."

„Ich glaube nicht", lächelte Marietta.

„Jessi, zeigst du deinen Freunden die Bäder und wo es frische Sachen gibt? In einer Stunde treffen wir uns im Wohnzimmer zum Abendessen."

Mit einiger Verspätung traf sich die illustre Abend-gesellschaft. Die allgemeingültigen Tischregeln wurden schnell außer Kraft gesetzt. Hungrige und lebensdurstige Menschen kamen ins Gespräch, Erinnerungen an bessere Zeiten wurden wach. Unter dem Tannenbaum verteilte Marietta die Geschenke an die staunenden, dankbaren Gäste.

„Für dich haben wir jetzt gar kein Geschenk", stellte Jessi fest, die den Kaschmirpullover, den eigentlich Jule hatte bekommen sollen, schon angezogen hatte.

Marietta lachte. „Ihr habt mir mehr geschenkt, als ihr glaubt."

„Und wenn deine Kinder kommen, haben wir ihnen alles weggegessen und -getrunken. Was wirst du ihnen sagen?"

„Meine Kinder haben alles, was sie brauchen, das ist mir heute mit euch klargeworden. Sie werden es verstehen, wenn ich ihnen vorsinge: Morgen, Kinder, wird's nichts geben!"

Der Christbaum

Von Corinna Meinold

Geht es nicht noch ein bisschen höher?" Mit gerunzelter Stirn sah sie zu, wie er auf der Leiter stand und ungeduldig die Christbaumspitze durch die Luft schwenkte.

Das ist ja wie bei Loriot mit dem Adventskranz, murmelte er vor sich hin und stieg widerwillig noch eine Stufe höher, um die Christbaumspitze, die eigentlich gar keine Spitze, sondern ein Stern war, wirklich ganz oben am Tannenbaum befestigen zu können.

Lieber Gott, hoffentlich sind sie sich bald einig, lange halte ich dieses Geschwanke nicht mehr aus!, dachte der Stern und kniff fest die Augen zu, denn er war nicht schwindelfrei. Endlich spürte er die Fichtennadeln im Rücken, öffnete vorsichtig ein Auge – und schloss es schnell wieder. Himmelherrgott, war das hoch!

„Warum muss eigentlich immer ich nach ganz oben?", jammerte der Stern.

„Weil du nun mal die Christbaumspitze bist und die immer, wie der Name schon sagt, an der Spitze des Christbaumes hängt, sonst wäre es ja keine Christbaumspitze!", knurrte der Engel mit der Harfe, der fünf Zweige unter dem Stern hing und gerne mit ihm getauscht hätte. Ein Stern mit Höhenangst – wo gab es denn so etwas? Mit ihm, dem Engel, wäre das nicht passiert, er schwang sich mit seinen Flügeln gerne in luftige Höhen hinauf. Schließlich hieß es ja nicht umsonst in einem Weihnachtslied „hoch oben der Engelein Chor".

„Fängt das schon wieder an?"

Die Bassstimme des Keramik-Nikolauses dröhnte durch den ganzen Baum, denn aufgrund seines Gewichtes musste sich der Nikolaus wie in jedem Jahr mit den unteren, kräftigeren Zweigen begnügen. Worum ihn wiederum der Stern heimlich beneidete.

„Jedes Jahr die gleiche Leier. Euch kann man es aber auch nie recht machen", donnerte der Nikolaus weiter, „denkt doch mal an den alten Luther: Friede auf Erden und den Menschen ein Wohlgefallen. Schließlich ist Weihnachten!"

„Ist doch wahr", maulte der Engel eingeschnappt, schüttelte unwillig seine glänzenden Locken und spielte mit Absicht einen schiefen Ton auf seiner Harfe, um seinen Unmut zu bekräftigen. Das wiederum erschreckte den hölzernen Schlittschuhläufer auf dem Ast nebenan so sehr, dass er seine Pirouette falsch herum drehte.

„Darf ich dich daran erinnern, dass du letztes Jahr viel weiter unten gehangen hast?", warf er verärgert ein, als sich das Band, mit dem er am Tannenzweig befestigt war, endlich ausgedreht hatte.

„Ich weiß gar nicht, was ihr habt. Ich finde meinen Platz ganz toll", rief der Schneemann von der anderen Seite herüber.

„Kein Wunder, du kannst ja auch aus dem Fenster sehen", fauchte der Engel und spielte wieder eine falsche Note auf seiner Harfe, diesmal eine Oktave höher und noch etwas lauter.

„Das stimmt. Und wenn es dunkel ist, kann ich sehen, wie schön der Baum mit uns allen aussieht. Selbst mit dir, du alter Nörgler!"

„Genau. Und was soll ich denn sagen? Mir ist im Sommer in der Kiste ein Bein abgebrochen!" Mit bekümmertem Gesicht betrachtete ein kleiner Wichtel die Lacksplitter an seinem Holzkörper.

„Und mir fehlt ein Arm", rief ein goldener Engel, dessen Körper aus verschiedenen Sorten von Nudeln bestand.

„Kein Wunder, bei den Spaghetti-Ärmchen", murmelte der Engel mit der Harfe, doch der Nudelengel hatte gute Ohren und drehte sich beleidigt zu der roten Kugel, die links neben ihm hing. Die war wenigstens still.

„Ich hätte lieber einen Zacken weniger und bliebe in der Kiste, als hier oben zu hängen", wimmerte der Stern, der die Augen immer noch so fest geschlossen hatte, dass

sein sonst so kräftiger Lichtschein nur ein schwaches Glimmen war.

Jetzt wurde es dem Nikolaus doch zu bunt: „Habt ihr nichts Besseres zu tun, als euch immer nur zu beschweren? Es kommt doch gar nicht darauf an, wer an welcher Stelle hängt. Habt ihr vergessen, worum es an Weihnachten eigentlich geht? Schlimm genug, dass viele Menschen gar nicht mehr wissen, warum sie überhaupt Weihnachten feiern, und sich ihre Gedanken nur darum drehen, wer das schönste und größte Geschenk bekommt! Ihr solltet es doch besser wissen!"

Sein weißer Bart zitterte leicht und mit tief in die Augen gezogenen Brauen schaute der Nikolaus einen nach dem anderen an: „Der Stern, der hell strahlend den Menschen den Weg zur Krippe wies. Die Engel, die jubilierend ihr Gloria sangen. Alle waren sie voller Freude, dass sie dabei sein durften, um den Menschen die Frohe Botschaft zu verkünden: Gott kommt als Kind in eure Welt, er schenkt euch seinen Sohn. Was ist nur aus diesem Geschenk geworden in einer Welt, in der jeder nur an sich denkt!" Die tiefe Stimme des Nikolauses grollte erneut durch den ganzen festlich geschmückten Baum.

An den Zweigen herrschte betretenes Schweigen. Sogar der Engel sagte keinen Ton mehr.

„Aber sollen wir nicht schön aussehen und den Menschen Freude bereiten?", fragte der Schlittschuhläufer zaghaft.

„Schon, aber darum geht es an Weihnachten doch nicht vorrangig", seufzte der Nikolaus, „sondern darum, dass Gott Mensch geworden ist. Wir feiern den Geburtstag von Jesus. Ein Fest der Liebe und Nächstenliebe. Nur leider sehen das viele Menschen nicht mehr."

„Dann sollten wir dafür sorgen, dass sie sich wieder daran erinnern", meinte der Schlittschuhläufer, eine kunstvolle Pirouette drehend, plötzlich voller Tatendrang.

„Und wie soll das gehen?", fragte der einbeinige Wichtel.

„Na, indem wir das Jesuskind in der Krippe da unten wieder ins rechte Licht rücken!", rief der Schlittschuhläufer eifrig, „also, Stern, leuchte da oben, so hell du kannst!"

„Ich kann nicht, ich habe doch Höhenangst!"

„Du darfst nicht nach unten sehen", riet der einbeinige Wichtel, „richte dich doch mal zu deiner vollen Größe auf, Kopf hoch, Augen auf und schau einfach geradeaus. Du wirst sehen, dann ist die Aussicht wunderschön."

Der Stern tat, wie ihm geheißen: Er drückte das Kreuz durch, streckte seine Zacken, reckte den Kopf in die Höhe, öffnete die Augen – und erstrahlte in einem Licht, in dem seine Freunde ihn noch nie gesehen hatten.

„Geht doch", freute sich der Schlittschuhläufer und machte einen Salto um seinen Ast.

Der Engel hatte mittlerweile auf seiner Harfe ein Gloria angestimmt und der Nudelengel stimmte in die Melodie mit ein. Der Nikolaus brummte zufrieden den Bass dazu.

„Sag mal, leuchtet der Stern dieses Jahr heller als sonst?",
fragte sie ihren Mann, als der wieder von der Leiter stieg.
Ergriffen stand das Paar vor dem erleuchteten Christbaum.

„Ich weiß nicht, kann sein", antwortete er und neigte
den Kopf etwas zur Seite. „Jedenfalls ist der Baum heute
besonders festlich geworden."

„Ja, das stimmt", sagte sie und fragte sich, ob den Hirten
damals in Bethlehem angesichts des leuchtenden Sterns
über dem Stall wohl auch so feierlich zumute gewesen
sein mochte. Ihr Blick fiel auf die Krippe. Ein schwacher
Lichtschimmer schien durch die Zweige hinein und es
kam ihr vor, als schenke das Kind darin ihr ein Lächeln.

Tante Pia

Von Albrecht Gralle

An dem Tag, als Tante Pia kam, lag Schnee in der Luft. Es hatte zwar schon geschneit, aber das war eine Woche her, und die weiße Pracht lag grau und verklumpt an den Straßenrändern.

Tante Pia hatte sich kurzfristig ein paar Tage vor Weihnachten bei uns eingeladen, um „ihre Kontakte aufzufrischen". Meine Mutter war davon nicht begeistert. Aber was sollte sie machen?

Überhaupt, der Name Pia – die Fromme – passte überhaupt nicht zu meiner Tante, die so gar nicht fromm war. Bis auf dieses eine Mal.

Es schneite dann in der Nacht so kräftig, dass der Schulbus nicht fuhr und wir am letzten Schultag zu Hause blieben.

Tante Pia war begeistert. Vor dem Frühstück lief sie schon nach draußen und kam mit geröteten Wangen und nassen Schuhen zurück.

„Hach!", rief sie uns zu, als sie in die Küche schaute und ihren Mantel auszog. „Es ist herrlich, einfach herrlich, ich könnte mich nackt im Schnee wälzen!"

„Vorher solltest du aber frühstücken!", meinte meine Mutter, die immer unter dem Zwang stand, Menschen, die übermütig wurden und abhoben, auf den Boden der Tatsachen zu stellen.

„Ja, ja", brummte Tante Pia, „du mit deinem Realitätssinn."

Aber sie ließ sich dann doch den ganz realen Kaffee und die handfesten Brötchen schmecken.

„Übrigens", sagte meine ältere Schwester, „in den Wetternachrichten haben sie eben gebracht, dass ein warmes Tiefdruckgebiet durchziehen wird und es um Weihnachten taut."

Tante Pia setzte ihre Tasse laut und klirrend ab und schimpfte: „Eine Unverschämtheit ist das! Ich glaube, das ist jetzt schon das zweite Mal, dass es um Weihnachten warm wird und womöglich regnet. Eine Gemeinheit! Ich fühle mich betrogen!"

„Aber Pia", meinte meine Mutter, „wem willst du denn die Schuld dafür geben, dem Wetterdienst etwa oder dem lieben Gott?"

Tante Pia ging nicht darauf ein und sagte nur mit einem leichten, kämpferischen Unterton: „Jedenfalls, eines kann ich euch sagen, ich werde mir Weihnachten nicht durch dieses blöde Wetter versauen lassen. Das verspreche ich euch!"

Den ganzen Tag lief sie wie aufgestört herum und war dann plötzlich verschwunden. Sie müsse noch mal in die Stadt, sagte sie.

Mein Vater war inzwischen von der Arbeit gekommen, saß im Wohnzimmer, hatte einen Becher Kaffee vor sich stehen und blätterte in der Zeitung. Meine Mutter wuselte durch die Wohnung und wir Kinder waren auf unseren Zimmern. Plötzlich hörten wir ein lautes Hornsignal, als ob ein Auto im Flur stünde und hupte.

„Kommt mal alle her, ich hab euch was zu sagen", hörten wir Tante Pias laute Stimme.

Mutter stand schon misstrauisch im Flur, als wir aus unseren Zimmern flitzten, und sie sah so aus, als wolle sie das Schlimmste verhindern. Zuletzt kam mein Vater, der vor sich hin brummte, in der einen Hand die Zeitung.

Tante Pia räusperte sich und hielt uns eine kleine Rede, die sie mit großen Gesten unterstrich, wobei die Autohupe in ihrer rechten Hand wie eine Waffe aussah.

„Meine Lieben! Ich habe euch zusammengerufen, weil ich etwas mit euch vorhabe."

„Das hab ich schon befürchtet", meinte Mutter.

„Die Lage sieht folgendermaßen aus", fuhr meine Tante ungerührt fort, „draußen liegt wunderbarer, tiefer, kalter Neuschnee, über den bald der Mondschein und die Sterne leuchten werden, denn es wird eine klare Nacht. Einmalig schön, das kann ich euch versichern. Aber – und nun kommt das Traurige – diese wunderbare Schnee-

nacht wird es zu neunundneunzig Prozent übermorgen Abend nicht mehr geben, weil es tauen wird. Wir werden also ein lächerliches, warmes, ekliges, widerliches Weihnachtsfest feiern müssen, im Regen. Wollt ihr das etwa?"

„Nein!", riefen meine Schwestern und ich im Chor. Meine Eltern sagten nichts, sondern schauten Tante Pia forschend ins Gesicht.

„Zum Glück braucht ihr das auch nicht", lächelte uns Tante Pia an, „denn wir werden heute Nacht zusammen Weihnachten mitten im Wald feiern."

Wir sahen uns ungläubig an.

„Ja, geht denn das?", fragte ich, „Heiligabend ist doch erst am Vierundzwanzigsten und ... "

„Alles Quatsch!" Tante Pias Arm fegte meinen schüchternen Einwand beiseite und damit gleichzeitig eineinhalb Jahrtausende christlicher Tradition. „Diese Termine", fügte sie hinzu, „hat irgend so ein Papst willkürlich festgelegt. Daran brauchen wir uns doch nicht zu halten!"

„Augenblick mal, Pia." Mein Vater raschelte ärgerlich mit der Zeitung. „Ich bin von dir ja schon einiges gewohnt, aber dass du allen Ernstes Heiligabend am Zweiundzwanzigsten feiern willst, das ist doch ein starkes Stück. Meinetwegen kannst du heute Nacht im Wald so viel herumhüpfen, wie du willst, aber ohne mich."

„Mein lieber, großer Bruder Georg." Tante Pia schaute ihn streng an. „Es geht nicht darum, dass ich irgendetwas Verrücktes im Wald anstellen will, sondern dass wir ge-

meinsam etwas Wunderbares erleben, ein Weihnachtsfest, das wir niemals vergessen werden."

Es ging dann noch eine Zeit lang hin und her zwischen meiner Tante und meinen Eltern, aber zum Schluss hatte sie es doch geschafft, dass sie einverstanden waren. Mir ist es bis heute vollkommen unverständlich, wie sie das zustande gebracht hat. Man einigte sich darauf, dass die Hauptgeschenke bis zum vierundzwanzigsten Dezember warten mussten und dass heute nur eine kleinere Version der Bescherung stattfinden sollte.

Ich schwankte hin und her zwischen Begeisterung und Lustlosigkeit. Einerseits fand ich die Idee toll, andererseits wollte ich abends nicht mehr in die kalte Nacht hinaus.

Ich glaube, meine Eltern wollten Tante Pia einen Gefallen tun und hofften, dass sie dann morgen abreisen würde.

Gegen neun Uhr zogen wir los. Dick eingepackt, traten wir vor die Haustür. Es schneite nicht mehr, sodass wir bei den klaren Sichtverhältnissen einen wunderbaren Sternenhimmel über uns bestaunen konnten. Da unser Wohngebiet in der Nähe eines bewaldeten Hügels lag, brauchten wir nicht lange zu gehen, um den Weg zu erreichen, der sich weiter oben im Wald verlor.

„Was hast du denn in deinem großen Rucksack, Tante Pia?", wollte Chrissi, meine sechzehnjährige Schwester, wissen, als wir in den Waldweg einbogen. Wir trugen

zwar alle Rucksäcke mit unseren Geschenken, aber Tante Pias Gepäck sah dagegen riesig und unförmig aus.

„Das wirst du dann schon sehen", sagte meine Tante leise und fügte hinzu: „Seid mal alle still! Hier im Wald kann man die Stille direkt hören."

Wir blieben stehen und lauschten. Es war eigenartig. Der Schnee verschluckte den lauten Lärm der Autos, die weiter unten fuhren, aber gleichzeitig hörten wir die leisen Geräusche, die seltsamerweise verstärkt wurden: wenn die Raben, die auf den Schneebäumen oder auf den Schornsteinen saßen, krächzten oder wenn ein Hund in der Ferne bellte. Selbst das Quietschen einer Haustür war Hunderte von Metern weit zu hören. Jetzt verstand ich, was Tante Pia meinte, wenn sie sagte, man könne die Stille hören.

Schweigend gingen wir weiter, und unsere knirschenden Schritte im Wald klangen wie das Geflüster unbekannter Schneewesen, die uns unsichtbar begleiteten.

Plötzlich blieb meine Tante stehen und rief: „Hier ist es!"

Wir waren auf eine kleine Lichtung gelangt, vielleicht zehn Meter im Durchmesser, und sahen uns um. Ein paar zugeschneite Baumstümpfe konnten wir erkennen, und zwischen den Eichen und Buchen standen Tannen. War es vorher schon windstill gewesen, so hing jetzt, auf dieser Lichtung, der Wind in den Bäumen fest, als ruhe er sich aus.

Tante Pia hatte ihren Rucksack abgenommen, breitete eine kleine Decke auf dem Schnee aus und legte Kerzen und Kerzenhalter, Glaskugeln, Strohsterne und kleine Engel aus Messing darauf.

„Los, kommt, helft mir, den Baum zu schmücken!"

Der Baum, den sie ausgesucht hatte, eine Tanne oder Föhre, ragte ein wenig in die Lichtung herein und war schätzungsweise über zwei Meter groß. Ich weiß das deshalb noch genau, weil mein Vater sich auf die Zehenspitzen stellen musste, um einen Strohstern ganz oben anzubringen. Das Schmücken war im Nu geschehen.

„So, jetzt zünde ich die Kerzen an, und dann gibt es heißen Zitronentee oder Glühwein aus den Thermoskannen", sagte Tante Pia. Sie hatte wirklich an alles gedacht.

Als wir nachher mit unseren heißen Bechern um den leuchtenden Baum standen und den flackernden Lichtern zusahen, der Wind hatte sich wohl inzwischen genügend ausgeruht, brachten wir kein Wort heraus.

Es war alles so ungewohnt vertraut. Anders kann ich es heute nicht ausdrücken. Neben einem Weihnachtsbaum zu stehen, dessen Kerzen brennen, war ein vertrautes Bild, aber alles andere Drumherum war neu und aufregend frisch, als hätten wir gerade den Weihnachtsbaum erfunden.

Nachdem wir Tee und Glühwein getrunken hatten, blieben wir immer noch stehen und starrten den Baum an,

als sei er wie durch ein Wunder so aus dem Boden gewachsen. Und obwohl die Kälte wieder anfing, ihre kühlen Finger nach uns auszustrecken, gingen wir nicht auseinander.

Tante Pia räusperte sich. „So, jetzt könnten wir eigentlich ein Lied singen, vielleicht *O du fröhliche*, und Harry liest ein paar Verse aus der Weihnachtsgeschichte vor. Ich hab die Bibel dabei."

Sie nannte mich immer Harry, obwohl ich gar nicht so heiße. Mein Vater meinte, das hinge mit einem ihrer verflossenen Liebhaber zusammen.

Tatsächlich brachte uns Tante Pia dazu, das Lied zu singen, von dem wir nur die erste Strophe kannten, aber meine andere Schwester Manu kannte noch zwei weitere. Dann musste ich mich noch näher an den Baum stellen und Tante Pia drückte mir eine große Bibel in die Hand, die schon an der richtigen Stelle aufgeschlagen war, und ich fing an zu lesen: „Es begab sich aber zu der Zeit ..."
Als ich fertig war, entstand eine Stille, in die hinein meine Tante sagte: „Und nun könnte doch mein großer Bruder Georg ein kleines Gebet sprechen, bevor wir unsere Geschenke verteilen."

„Was? Ich?" Mein Vater schaute überrascht auf.

„Warum denn nicht? Ein Gebet gehört nun mal dazu."

„Ich kann nicht beten!", stellte mein Vater fest.

„Quatsch. Beten kann jeder."

„Ich kann nur ein Tischgebet sprechen. Aber das passt wohl nicht hierher."

Es wurde still. Tante Pia schien nachzudenken.

„Gut", seufzte sie. „Dann werde ich also selbst beten müssen."

Wir falteten die Hände, schlossen die Augen und Tante Pia betete. Ich habe sie vorher und nachher nie mehr beten hören. Es war wirklich das einzige Gebet, das sie laut von sich gab, aber ich habe es nie vergessen. Es war wie ein Wunder, weil es in mir etwas verändert hat, das bis heute anhält.

Manchmal, wenn ich mich frage, ob es Gott überhaupt gibt oder ob wir nicht in einem Zufallsgenerator sitzen und unser ganzes Leben ein einziger Irrsinn ist, fällt mir Tante Pias Gebet wieder ein. Es waren nicht so sehr die Worte, die bekomme ich nur noch ungefähr hin, sondern es war ihre ernsthafte Stimme, die einen so vertraulichen Ton enthielt, dass ich unwillkürlich dachte, Gott selbst stünde hinter einer Tanne.

„Tja", fing meine Tante ihr Gebet an, „da stehen wir nun, Gott, mitten im Wald und feiern Weihnachten. Und ich finde es herrlich, dass es Schnee gibt und Bäume, Kerzen und eine Streichholzschachtel und den ganzen anderen Weihnachtskram."

Sie machte eine Pause nach dieser Einleitung. Ich blinzelte kurz in ihre Richtung und erschrak. Meine Tante hielt nicht etwa wie wir den Kopf gesenkt und hatte nicht wie wir die Hände gefaltet, sondern stand breitbeinig da, hatte die Arme vor der Brust verschränkt und schaute in

den Himmel, als ob Gott da oben zwischen den Sternen sitzen würde.

Schnell schloss ich wieder die Augen und hörte der Stimme meiner Tante zu: „Fast hätte ich es vergessen, Gott, wir feiern ja Weihnachten, weil ein Kind geboren wurde, das ... das für uns ... ahm ... wichtig ist. Es wird Gottes Sohn genannt, aber bis heute steige ich da nicht durch, wie das zusammenhängen soll. Entschuldige bitte. Aber jedenfalls hat dein Sohn eine Menge guter Sachen gesagt und getan. Er war ein prima Kerl, und es ist eine Schande, dass man ihn umgebracht hat."

Ich hörte meinen Vater räuspern, dem das Gebet ein bisschen zu weit ging.

„Na gut, Gott", fuhr Tante Pia fort, „ich will mich damit jetzt nicht aufhalten, vielen Dank, dass dein Sohn auf diese Welt gekommen ist, trotz dieser idiotischen Umstände. Da werden seine Eltern kurz vor der Geburt auf die Reise geschickt, nur weil so ein borniert Kaiser etwas Klarheit in seiner Steuerkasse schaffen will. Das hätte ja nun doch nicht sein müssen."

Meine Schwestern schauten sich verstohlen an und wussten nicht, ob sie lachen oder es nur peinlich finden sollten, aber Tante Pia schien das nicht zu merken, sie war völlig in ihr Gebet vertieft.

„Ich kann nur hoffen, Gott, dass all diese schlimmen Zustände, die in dieser Welt immer noch herrschen, irgendwann einmal aufhören und endlich Frieden wird.

Das haben die Engel an Weihnachten doch schließlich gesungen, oder nicht?"

Tante Pia schien auf einen unhörbaren Einwand zu warten.

„Ich wünsche mir von dir, Gott, dass ich meinen Teil dazu beitragen kann, dass solche Zustände nicht überhandnehmen, und ich wünsche mir, dass du nicht so stumm und still im Himmel herumhängst, sondern ab und zu mal dazwischenfährst, wenn irgendwelche eingebildeten Säcke hier auf der Erde Unsinn machen. Aber ich mach mal Schluss. Danke für alles. Und ich geh davon aus, dass es dich immer noch gibt. Also dann, frohe Weihnachten, Gott! Amen."

Wir brummten undeutlich unser Amen und blickten uns an.

Ich spüre es heute noch, dass nach diesem etwas ungewöhnlichen Gebet sich in der Luft etwas verändert hatte. Es fühlte sich an, als wäre jemand Großes durch unseren Halbkreis gegangen und hätte auf unsere Köpfe Konfetti gestreut.

Und diese winterliche Konfettifreude ist nie mehr ganz aus meinem Leben verschwunden. Sie ist zwar verdeckt und gelegentlich überschrien worden, und ich habe sie mit grellen Bildern immer wieder verhängt, aber ich wusste, dass sie da ist.

Es ist diese Freude über Gott, über die Gegenwart eines Freundes, der einem auf die Schulter klopft und sagt: „Lieber Harry, es wird nicht so schlimm werden, wie du glaubst, ich bin ja da."

Der Heilige Abend, zwei Tage später, kam mir eher wie eine Art Nachfeier vor.

Maria, ihre Freundinnen, ein glücklicher Engel und ein Einhorn

Von Christina Brudereck

Ich war immer die Regisseurin. Seit mehr als dreißig Jahren jetzt. Und später bei der Aufführung am Heiligabend die Souffleuse. Für die Kinder, die ihren Text vergaßen. Meistens, weil sie aufgeregt waren. Texte, die ich zum großen Teil selbst verfasst hatte. Ich nähte auch einige der Kostüme. Und ich rief alle zu den Proben zusammen. Es begann immer mit der Rollenverteilung. „Casting", sagten die Kinder dazu. Ich hatte bestimmte Vorstellungen, das muss ich zugeben. Aber ich richtete mich immer auch nach den Wünschen der Kinder. In diesem Jahr brachten sie mich allerdings zum ersten Mal an meine Grenzen.

Es begann damit, dass der Dünnste von allen, Luis, unbedingt den Wirt spielen wollte. Ein schlanker Wirt?! Das passt doch überhaupt nicht. Ich fragte vorsichtig nach. Aber weder wollte der kleine runde Elias den Wirt spielen noch Johan mit den dicken roten Wangen. Luis

aber wollte unbedingt. Und so war es beschlossen. Wir würden ihm ein Kissen unter die Schürze stopfen, dann würde es schon gehen.

Ich hatte nicht bemerkt, dass der Pfarrer zu uns in die Kirche gekommen war. Wie lange er wohl schon dagestanden hatte? Er nickte mir zu. Freundlich, aber knapp. Wir hatten in den letzten Jahren immer wieder unsere Meinungsverschiedenheiten gehabt. „Wie schön, dass wir auch diesmal wieder ein Krippenspiel haben werden", sagte er laut in die Runde. „Vielen Dank, Kinder." Dann streichelte er dem dünnen Luis über den Kopf und meinte: „Der Wirt ist eine wichtige, aber ja keine biblische Figur. Es ist uns also auch nicht überliefert, wie er aussah." Vielsagend blickte er in meine Richtung. Dieser Besserwisser. Ich fühlte mich ertappt und klatschte zweimal laut in die Hände. „Weiter geht's! Wir müssen noch Rollen verteilen. Hat noch jemand einen Wunsch?" Ich betonte das Wort „Wunsch" und lächelte dem Pfarrer dabei zu.

Henri wollte den Josef spielen. Ach, wie schade, dachte ich Denn der Mann neben Maria war eine Figur mit nur ganz wenig Text. Er legte den Arm um seine Frau, hielt in einer Szene das Baby und sprach einen kurzen Dialog mit dem Wirt. Zwei, drei Sätze, nicht mehr. Daher zögerte ich wieder. Henri war ein guter Schüler und könnte sicher mit Leichtigkeit sehr viel mehr Text auswendig lernen. Aber nun – Henri war zuverlässig. Was für eine

Katastrophe es wäre, zu Weihnachten ohne Josef dazustehen! Also gab ich seinem Wunsch nach.

Als Nächstes suchte ich einen Engel. Jasmin mit ihren langen blonden Haaren wäre eine Idealbesetzung. Aber sie schüttelte nur ihren hübschen Kopf. „Engel passt nicht zu mir." Ich wusste, wie dickköpfig sie war, und versuchte gar nicht erst, sie zu überreden. Ida wäre auch sehr geeignet. Ihre Locken waren zwar nicht blond, aber wenn sie ihre Zöpfe löste, sahen sie malerisch aus. Sie würde eine schöne Maria abgeben. Aber auch sie wollte nicht. Da meldete sich Hassan. So schüchtern, dass ich ihn fast übersehen hätte. Hassan hatte Haut wie Oliven, einen kurz geschorenen Kopf mit ein paar schwarzen Stoppeln. Erster Bartflaum war über seiner Oberlippe zu sehen. Was für ein Engel war das? Als käme er direkt aus Bethlehem ... Ich musste über mich selbst lachen. „Einverstanden", nickte ich ihm zu, und er strahlte mich an. „Der Text vom Engel ist so super", sagte er leise. Da wusste ich, dass er es großartig machen würde. „Aber du musst ihn laut sprechen, ja?", sagte ich mit gespielter Strenge. „Ja, versprochen!", sagte er. Und: „Danke. Ich wollte immer schon der Engel sein."

Die jüngsten Kinder würden Schafe spielen. Einige Jungen sagten, sie wären gerne Hirten. „Und ich spiele wieder eine Hirtin!", sagte Alina. Ich bekam eine Gänsehaut bei der Erinnerung an die Diskussion, die ich vor zwei Jahren mit ihrer Mutter hatte. Sie hatte darauf be-

standen, dass es neben den Hirten auch Hirtinnen gegeben hatte. In der Heiligen Nacht. Und dass diese Figuren daher auch in unserem Krippenspiel vorkommen müssten. Ich hatte nur kurz gezögert, da war sie auch schon zum Pfarrer gelaufen und hatte ihn auf ihre Seite gezogen. Die Vorstellung war eben einfach neu für mich, aber schon sehr bald mochte ich sie. Ich hatte schnell ein paar Texte für die Hirtinnen geschrieben. Viele der Mädchen mochten diese Rolle und lernten eifrig. Ich war, ehrlich gesagt, auch froh, sie nicht länger in Jungenkostüme stecken zu müssen. Die Gruppe der Hirtinnen sah aus wie Ronja Räubertochter und ihre Bande. Alina, Jasmin, Ida und ihre Bande. Sie staunten über die Sterne, hörten dem Engel gespannt zu, brachten Körbe mit Essen in den Stall, bewunderten das Baby und machten Maria Mut. Sie hatten das Krippenspiel wirklich bereichert. Das wollte ich trotz anfänglicher Vorsicht gerne zugeben.

Ja, Maria. Die wichtigste Rolle war noch unbesetzt. Ich guckte Ida an. „Möchtest du vielleicht in diesem Jahr die Maria spielen?" Ich nickte ihr aufmunternd zu. Aber Ida gab mir zum zweiten Mal einen Korb. Kein Engel, keine Maria. „Ich bin wirklich lieber eine Hirtin", sagte sie. Ich sah ein Mädchen nach dem anderen an. Groß waren sie geworden. Jasmin, Zoe, Helene, Lotta, Emma, Sarah, Felicitas, Berenike, Lena, Franzi, Mila. Wer würde Maria spielen? Wer könnte? Wer wäre dieser Rolle gewachsen?

Helene überraschte mich: „Ich spiele sie", sagte sie. Ich war dankbar. Helene hatte ein feines Gesicht. Eine schöne Ausstrahlung. „Aber nicht alleine." Ich dachte erst, ich hätte mich verhört. „Wie bitte?", fragte ich nach. „Ich spiele sie. Aber nicht alleine", wiederholte Helene. „Aber wie meinst du das denn?", wollte ich wissen. „Ich spiele sie. Aber nur mit einer Freundin." – „Aber Maria hatte keine Freundin!", protestierte ich. „Woher wollen Sie das denn wissen?", fragte jetzt Zoe nach. „Der Wirt kommt nicht in der Bibel vor und darf schließlich auch mitspielen." Diese Kinder waren zu schlau für mich. Zu selbstbewusst. Und was setzte der Pfarrer ihnen auch solche Flausen in den Kopf?

Ich sprach ein kurzes Gebet. Still, für mich. Diese Kinder waren echte Kinder. So echt wie Weihnachten. Die Liebe kam zur Welt. Gott nahm alle unsere Rollen an. Was, wenn Gott die Regisseurin wäre? Würde er in seiner Weisheit etwa mehr eingreifen? Verbieten? Überreden? Verhindern? Gewinnen?

Ich gewann meine Fassung zurück. Und auch meine Freude war wieder da. „Also", fragte ich, „wer möchte die Freundin von Maria sein?" – „Ich!", riefen Berenike und Lotta gleichzeitig. Wir lachten alle. „Gut", entschied ich, „Maria hat zwei Freundinnen." Ich schüttelte schmunzelnd den Kopf. „Ich denke mir noch biblische Namen für euch aus und schreibe ein paar neue Zeilen für euch. Bei der nächsten Probe bekommt ihr euren Text." – „Ich

könnte vielleicht eine Hebamme sein", meinte Berenike. „Und ich Marias Nachbarin", sagte Lotta. Diese Mädchen hatten wirklich eine blühende Fantasie. Da stand Hassan, unser Engel, auf und meinte: „Ich finde, das ist doch eine echt gute Idee. Dass Maria nicht so alleine ist. Ich könnte vielleicht auch der Freund von Josef sein." Aber jetzt reichte es mir. „Nein. Du bist der Engel. Das ist auch eine Art Freund. Das muss reichen." Zu meiner Verwunderung widersprach diesmal niemand. Vielleicht mochten sie auch einfach Hassan schon zu sehr als ihren Engel. Mich selbst eingeschlossen.

„Wer fehlt uns noch? Ach, natürlich! Die Heiligen Drei Könige!", sagte ich jetzt. „Wir sind die drei Könige", posaunte Tom heraus. Er war gerade mal in diesem Sommer in die Schule gekommen. Sehr jung für einen Weisen! Neben ihm standen Felix und die kleine Anna. Sie hatten sich untergehakt und guckten mich selig an. Anna sagte stolz: „Ich ziehe mein Glitzerkleid an. Das passt super gut zu einer Sternkundigerin." Sie strahlte. Felix nuschelte: „Ich habe aber leider kein Kamel. Aber ich habe ein Pony. Ein Pony geht aber sicher auch." Und Tom erzählte: „Und ich habe ein Einhorn. Das wollte, glaube ich, sowieso schon immer bei einem Krippenspiel mitmachen. Okay?" Er lachte uns alle an. Und die Kinder nickten. „Ja, ein Einhorn brauchen wir unbedingt!", sagte Berenike. „Ein Einhorn sollte nicht fehlen", meinte auch Hassan. „Ein Krippenspiel ohne Einhorn wäre überhaupt

uncool", meinte Toms großer Bruder Max. Was hatten sie denn nur alle? Tom guckte mich mit seinen großen Augen sehnsüchtig fragend an. Ich verstand zwar nicht ganz, was die Kinder meinten, war aber auch einverstanden. „Ein Einhorn. Ja, warum nicht?" Und hatte mich damit ein weiteres Mal selbst überrascht.

Ja, überraschend würde es in diesem Jahr werden. Aber das passte doch wohl richtig gut zu Weihnachten! Ich gab den nächsten Probentermin bekannt und freute mich schon jetzt auf das Bild, das wir der Gemeinde am Heiligabend bieten würden. Mit Maria und ihren Freundinnen, einem glücklichen Engel, einer Bande Hirtinnen, einem Einhorn. Und einer Souffleuse, die zwar eigentlich überhaupt keine Veränderungen mochte, aber Weihnachten so sehr liebte.

Der Schlüssel zu den Dingen

Von Miriam Küllmer-Vogt

Maik, wo ist denn der Schlüssel?", rufe ich meinem Mann von der Kellertreppe aus zu.

„Wie bitte?", höre ich ihn aus dem Zimmer unseres Sohnes zwischen den Klängen von Jingle-Bells zurückfragen. Und dann: „Kinder, macht doch mal das iPad leiser!"

„Der Schlüssel zum Keller, du weißt schon ...", rufe ich gut gelaunt und füge verschwörerisch hinzu: „Gleich kommt doch der Weihnachtsmann, und da will ich im Keller noch mal kurz schauen, ob ich für ihn eine Flasche Wein finde ..."

„Der Weihnachtsmann, hahaha!", ruft meine Tochter.

Es ist Heiligabend. Ein wunderbarer Heiligabend. Draußen hat es geschneit. Zwar nur wenig, aber immerhin. Die hauchdünne Schneedecke glitzert im Licht der weihnachtlichen Straßenbeleuchtung. Es ist so richtig

schön kalt. Draußen. Hier drinnen ist es schön warm. Im Familien-Display flackert beruhigend ein digitales Kaminfeuer. Die Forellen mit Butter und Dill liegen schon im Ofen. Er muss nur noch angestellt werden. Die Kartoffeln sind bereits gekocht und befinden sich in ihrem Topf mit Deckel unter meiner Bettdecke, damit sie schön warm bleiben. Die Kinder haben Ferien. Schon seit zwei Tagen. Das Krippenspiel war herzallerliebst. Die kleine Emma hat heute einen langen Mittagsschlaf gehalten und ist gut gelaunt. Sofie, unsere Große, hat ihr E-Book zugeklappt, und alle warten jetzt gemeinsam in Bens Zimmer darauf, dass das silberne Glöckchen läutet. Dass endlich Weihnachten wird.

Jetzt fehlt nur noch eines: Der Weihnachtsmann muss kommen. Beziehungsweise ich. Die Geschenke warten schon auf dem runden Tisch im Keller. In einem großen braunen Sack. Dem Sack vom Weihnachtsmann, ist ja klar. Ich persönlich denke ja, es hätte gereicht, die Geschenke in dem Sack zu verstecken und die Kinder darauf hinzuweisen, dass der Kellerraum für sie tabu ist. Ich meine: Sie sind doch schon groß. Sie verstehen, dass man in den Wochen vor Weihnachten nicht im Haus nach Geschenken suchen darf.

Und die kleine Emma ist noch so klein, die würde keinen Unterschied erkennen zwischen den vielen Dingen, die bei uns offen rumliegen, und den paar Dingen, die nicht offen rumliegen. Noch nicht. Den sogenannten Ge-

schenken. Die bald, sehr bald schon, unseren Vorrat an Dingen offiziell bereichern werden.

Ich höre meinen Mann ein paar Stufen herunterkommen.

„In meiner Schreibtischschublade, links oben", raunt er mir zu.

Ich nicke und betrete sein Büro. Es befindet sich direkt neben dem Kellerraum. Ich öffne die Schublade links oben. Siebzehn Kugelschreiber, ein Taschenrechner, ein Messer (Moment mal!), Visitenkarten, ein Stick in Spiderman-Form, Briefmarken, Büroklammern, zwei Ersatzbrillen, ein paar alte Ratzefummel – unnütze Dinger, radieren eh nicht mehr richtig. Die können weg, entscheide ich, nehme sie und werfe sie direkt in den Papierkorb.

Ich wühle weiter, verschiebe den Haufen nach rechts, nach links, nach vorne und nach hinten.

„Da ist kein Schlüssel", sage ich laut.

Mein Mann hört mich nicht. Er ist wieder hoch zu den Kindern gegangen.

Ich gehe raus aus seinem Büro, stelle mich auf die untere Stufe der Kellertreppe und rufe: „Da ist kein Schlüssel!"

„Was?", höre ich von oben.

„Da ist kein Schlüssel", rufe ich lauter. Ich bin leicht genervt. Eine blöde Idee, die Kellertür abzuschließen. Na ja, was soll's. Heute ist Weihnachten. Ich will mich nicht ärgern.

„Aber klar ist da der Schlüssel, mein Schatz", höre ich meinen Mann mit sanfter Weihnachtsstimme säuseln, dann eilt er die Treppe zu mir herunter. Nimmt meinen Kopf zwischen seine Hände. Gibt mir einen Weihnachtskuss. Betritt sein Büro. Runzelt die Stirn angesichts der durchwühlten Schublade, wirft einen prüfenden Blick unter den Schreibtisch, saugt die Luft ein, ein scharf zischendes Geräusch, und holt die angeknabberten Ratzefummel wieder aus dem Papierkorb. Legt sie wortlos in die Schublade zurück. Wühlt in dem Haufen. Schiebt ihn nach rechts, nach links, nach vorne, nach hinten. Schließt die obere Schublade, öffnet die darunterliegende, wühlt sie durch, schließt sie wieder, öffnet die darunterliegende, wühlt sie durch, schließt sie wieder, geht in die Hocke, öffnet die untere und letzte. Wühlt, schließt sie wieder.

Ich verlagere mein Gewicht vom linken auf das rechte Bein und sehe dabei zu, wie mein Mann auch die Schubladen auf der anderen Seite des Schreibtischs durchwühlt.

„Na, nichts zu finden?", frage ich betont ruhig. Was für eine *extrem bescheuerte* Idee, den Keller abzuschließen.

Mein Mann fährt sich durchs Haar. „Ich bin mir ganz sicher: Ich habe den Schlüssel in eine meiner Schreibtischschubladen gelegt", sagt er. Ich sehe eine kleine Schweißperle auf seiner Stirn. Er wischt sie weg. „Oder zumindest habe ich ihn an einem *ganz sicheren Platz* versteckt."

Ich schöpfe Hoffnung.

„Ja, jetzt erinnere ich mich", fährt mein Mann fort, „es war ein *ganz sicherer Ort* ..."

„Und zwar welcher?", frage ich, neugierig, interessiert.

„Tja, wenn ich das nur wüsste ..."

Von oben ruft unsere Älteste: „Was ist, geht's jetzt los?"

„Der Weihnachtsmann hat sich verspätet ...", erklärt mein Mann in Richtung oberes Stockwerk.

„Es gibt keinen Weihnachtsmann", kontert unsere Tochter. „Holt Mama jetzt endlich die Geschenke ins Wohnzimmer?"

„Wir haben ein Problem, meine Süße!", sage ich laut und klar.

„Nämlich welches?"

„Papa hat den Schlüssel zum Keller verschlampt."

„Das ist jetzt nicht euer Ernst, oder ... Ben!" Sofies Stimme bekommt einen leicht schadenfrohen Tonfall. „Papa findet den Kellerschlüssel nicht mehr. Es wird nichts aus deinem neuen Andor-Spiel!"

„Nee, oder?", mischt sich jetzt unser Sohn ins Geschehen ein.

Ich seufze.

„Komm, wir suchen ihn. Er muss doch irgendwo sein." Mein Mann versucht, motivierend zu klingen, und es gelingt ihm auch.

Die kleine Emma wird in ihren Laufstall gesteckt, die beiden Großen helfen uns beim Suchen. Mein Mann

nimmt sich noch mal den Schreibtisch vor. Ben inspiziert alle Schubladen in unserem Haus, die Dinge beinhalten. Dinge, die man immer wieder braucht und die darum in einer dieser Dinge-Schubladen landen. Wir haben zwei davon in der Küche, eine im Esszimmer, eine im Bad, eine in jedem Kinderzimmer und natürlich eine Menge im Kellerraum. Aber darin kann der Schlüssel ja schon mal nicht sein.

Sofie schaut überall da, wo man nicht drauf kommen würde. Also an Stellen, wo man garantiert nie suchen würde, wenn man einen Schlüssel sucht. Am Schlüsselbund. Im Zahnputzbecher. In Brillenetuis. Im Safe. Hinter dem Schreibtisch. Im Besteckkasten. Im Monopoly-Spiel. Im Gitarrenkasten. Bei den Putzmitteln ... Nein, da würde mein Mann nie etwas verstecken. Er weiß ja gar nicht, dass es diese Putzmittel überhaupt gibt!

Die Zeit vergeht. Ich schaue vor der Haustür nach. Im Weihnachtsgesteck. Nichts. Im Briefkasten. Natürlich nicht!

Es fängt an zu nieseln. Was soll das denn! Die hauchdünne Schneedecke verliert ihren Glanz und wird zum allvertrauten Matsch. Schade. Die Temperatur steigt. Die Stimmung sinkt. Ich suche weiter. Schimpfe leise vor mich hin. Mein Sohn Ben schimpft ebenfalls. Aber lautstark.

Sofie hat die Suche aufgegeben. Sie sitzt mit ihrem E-Book auf dem Sofa und liest. Emma winselt in ihrem Laufstall.

„Kann sich einer mal um Emma kümmern?", rufe ich genervt.

Mein Mann flucht. „Wo ist dieser verdammte Schlüssel?!"

Ich gehe in die Küche und stelle den Ofen an. Wenigstens werden wir nicht verhungern.

Dann nehme ich Emma aus dem Laufstall und gehe mit ihr ins Wohnzimmer. Ich setze sie meiner Großen auf den Schoß.

„Och, Mama", seufzt sie, „muss das sein? Ich lese doch ..."

„Lesen kannst du, wenn du alt bist!", sage ich. „Entweder du suchst mit, oder du kümmerst dich um deine Schwester. Und pass auf, dass sie die Lebkuchen nicht abfrisst."

„*Abfrisst?*" Meine Tochter starrt mich entsetzt an. „Emma ist doch kein *Hund*!"

„Das spielt jetzt keine Rolle", sage ich. „Was liest du da eigentlich?"

„Ach, so eine Weltraumsaga. Jetzt kämpft die Heldin sich gerade durch einen Meteoritenhagel hindurch. Von allen Seiten fliegen ihr die Dinger um die Ohren, und sie muss ..."

Es kracht. Ich hechte die Kellertreppe hinunter. Und sehe, wie Ben die Kellertür angreift.

„Ich ... will ... mein ... Andor-Spiel!", wütet er und versetzt der Tür bei jedem Wort einen gewaltigen Tritt. Ich halte ihn fest. Er windet sich.

„Können wir nicht einfach noch mal die Version vom letzten Jahr spielen?" Die genervte Stimme meiner Tochter aus dem Wohnzimmer. „Die ist wenigstens nicht eingesperrt."

„Nein, ich habe keine Lust auf die alte Version, ich will die neue!", schimpft mein Sohn. „Es gibt ganz neue Helden! Und neue Monster! Die will ich besiegen!" Mit diesen Worten entreißt er sich meinem unentwindbaren Fesselgriff und tritt wieder heftig gegen die Kellertür. Gute Arbeit. Also die Tür. Hängt fest in den Angeln.

„Mit Gewalt erreichst du gar nichts!", belehre ich meinen Sohn.

„Das wollen wir ja mal sehen", gibt er mir zu verstehen und springt wieder gegen die Tür.

„Ach, was soll's", sage ich, „versuchen wir es zu zweit."

Wir springen gegen die Tür. Ich schreie vor Schmerz auf und halte mir die Schulter.

Maik hastet die Treppe runter. „Schluss damit!", fährt er uns an. „Spinnt ihr total? So eine neue Kellertür kostet ein Vermögen!" Dann richtet er sich beschwichtigend an unseren Sohn: „Sieh es doch mal so, Ben, wir haben doch eh schon genügend Dinge. Lassen wir die Geschenke in diesem Jahr einfach mal weg!"

Der Sohn springt dem Vater an die Gurgel. Zu Recht, denke ich. Denn mein Mann hat sich sein Weihnachtsgeschenk, einen neuen Flachbildschirm, schon vor Wochen selbst gekauft und im Schlafzimmer aufgestellt.

„Okay, okay ... Wo ist das Telefon?", röchelt Maik, entkommt dem kindlichen Würgegriff durch männliche Muskelkraft und stellt Ben auf dem Boden ab.

„Vermutlich da, wo auch der Kellerschlüssel, deine Sicherungsfestplatte, Papas Fäustel und die Haargummis unserer Tochter sind", sage ich. Erbost. Sehr erbost.

„Was ist ein Fäustel?", fragt Ben.

„Ein dicker, fetter Hammer", sage ich.

Emma fängt oben im Wohnzimmer an zu weinen.

„Klappe!", rufe ich nach oben.

Mein Mann stampft die Treppe wieder hoch, ich stampfe hinterher. Er schnappt sich sein Handy, ich sehe ihn auf dem Display herumhacken. Dann höre ich seine Stimme: „Müller hier, guten Abend ... jaja, fröhliche Weihnachten. Wir brauchen den Schlüsseldienst ... Ja, es muss heute sein ... Eine ganz normale Kellertür. Nein, nicht der Heizungskeller. Der Weihnachtskeller. Wo die Geschenke drin sind. Also ... ein ganz normaler Keller eben."

Ich fasse es nicht. Er will den Schlüsseldienst rufen! An Heiligabend!

„Was?" Ich höre meinen Mann nach Luft schnappen. Ich springe auf und renne zu ihm. Er scheint zu kollabieren. Ich halte ihn fest. Fächele ihm Luft zu.

„*500 Euro*? Sind Sie *wahnsinnig*? So viel haben ja die Geschenke zusammen nicht gekostet ..."

Er beginnt, den Menschen auf der anderen Seite der Leitung wüst zu beschimpfen.

„Sie sind ein mieser Abzockladen! Sie nehmen's von den Lebendigen! Aber ohne mich, ohne mich, Sie ... scheinheilige Möchtegernhelfer!"

Ich reiße ihm den Hörer aus der Hand und lege lautstark nach: „Und wenn Sie dieses Gespräch aufzeichnen sollten, dann lassen Sie mich Folgendes sagen: Ich hasse es, vor verschlossenen Türen zu stehen. Aber mehr noch hasse ich alle Leute, die daraus Gewinn schlagen, dass andere so doof sind und nicht wissen, wo sie ihren Kram haben."

Ein Tuten in der Leitung. Er oder sie hat aufgelegt.

„Frechheit", knurrt mein Mann.

„Frechheit", fauche ich.

Ein dumpfer Schlag ertönt. Dann ein Schrei.

Eine halbe Stunde später sitze ich mit unserem Sohn in der Notfallaufnahme. Er hat versucht, mit dem Fäustel, der übrigens in der Garage stand, die Kellertür einzuschlagen. Und sich dabei den Arm ausgerenkt. Er brüllt wie am Spieß. Die Kellertür hat einen Riss. Aber um den weiteren Durchbruch kann ich mich jetzt nicht kümmern.

Um 23.19 Uhr kommen wir zurück. Es regnet. Im Haus stinkt es nach verbranntem Fisch.

Emma schläft. Neben dem Weihnachtsbaum. An ihrem Mund kleben Lebkuchenkrümel. Sofie sitzt auf dem Sofa und liest. Neben ihr steht eine geleerte Müslischale. Ben macht sich auch ein Müsli. Sein Arm ist wieder eingerenkt.

Ich gehe ins Schlafzimmer. Mein Mann liegt auf dem Bett und guckt fern.

„Da bist du ja wieder", sagt er. „Alles okay mit Ben?"

„Ja, alles okay", sage ich und setze mich auf die Bettkante. „Hast du die Tür eingeschlagen?"

„Nein", sagt er.

„Hast du den Schlüssel gefunden?"

„Ich habe nicht weiter danach gesucht."

„Die Forellen sind verbrannt", sage ich.

„Ich weiß", sagt er.

„Du hättest den Herd ausstellen sollen", sage ich.

„Ja, hätte ich machen sollen", sagt er.

„Hast du schon was gegessen?", frage ich.

„Ja", sagt er.

„Und zwar was?", frage ich.

„Kartoffeln", sagt er. „Habe ich im Bett gefunden."

„Na super", sage ich.

Von unten klingelt das silberne Glöckchen.

Wir blicken uns an. Mein Mann steht auf. Wir gehen die Treppe runter.

Die Kerzen am Baum brennen. Emma wurde zu ihrer eigenen Sicherheit ein Stück vom Baum weggelagert.

Sofie hat ihr E-Book zugeklappt. Sie hält das Glöckchen in der Hand.

„Ich bin fertig mit Lesen", sagt sie und lächelt. „Es ging gut aus. Sie ist heil durch den Meteoritenhagel hindurchgekommen."

„Wie schön für sie", sage ich.

Ben löffelt sein Müsli.

Maik schaltet das digitale Kaminfeuer aus. Es ist jetzt dunkel. Nur die Kerzen am Baum leuchten.

Ich pflücke mir einen Lebkuchen von einem der unteren Äste und knabbere ein wenig daran herum. Großen Appetit habe ich nicht. Aber Durst. Ich gehe ich die Küche und trinke einen halben Liter Wasser. Aus dem Wasserhahn.

Wir nehmen uns Decken und Kissen und kuscheln uns auf den Teppich um den Baum herum. Nicht zu nah, versteht sich. Ben hat das I-Pad aus seinem Zimmer mitgebracht. Wir hören Jingle-Bells. Immer wieder. Und gucken den Baum an. Emma schnarcht ein wenig. Es klingt so süß.

In Bens müden Augen spiegelt sich das Kerzenlicht. Ich bin froh, dass sein Arm wieder okay ist.

Sofie schmiegt sich an mich. „Weißt du, Mama", sagt sie, „diese vielen Dinge ... manchmal kämpfen wir uns durch sie hindurch. Wie durch einen Meteoritenhagel. Aber woran wir wirklich unser Herz hängen, das ist doch etwas ganz anderes."

„Kluges Mädchen", sage ich und streichele ihr Haar.

„Ich hätte trotzdem gerne heute mein neues Andor-Spiel ausprobiert", sagt mein Sohn.

„Ich auch, mein Schatz", sage ich.

Plötzlich springt mein Mann auf. „Ich weiß wieder, wo

ich ihn hingelegt habe", sagt er, greift nach seiner Jacke, rennt nach draußen.

Wir hören, wie die Autotür geöffnet und nach kurzer Zeit wieder geschlossen wird.

Maik kommt zurück ins Haus.

Wir schauen ihn wortlos an.

„Im Handschuhfach", sagt er und lächelt unseren Sohn an, der kaum noch die Augen offen halten kann. „Lust auf Bescherung?"

„Morgen", sagt Ben. „Jetzt kann ich nicht mehr. Aber morgen, morgen besiege ich alle Monster."

O Tannenbaum

Von Fabian Vogt

Sag bitte, dass das nicht wahr ist." Meine Frau hatte die Augen weit aufgerissen und funkelte mich an. „Das ist nicht dein Ernst, oder? Ich fasse es einfach nicht: Du hast vergessen, einen Weihnachtsbaum zu kaufen."

„Augenblick!", versuchte ich, mich zu verteidigen. „Wir hatten vereinbart, dass du einen kaufst. Und ich habe mich schon die ganzen Tage gefragt, wo du ihn gelagert hast. Ich sollte mich nur um neues Lametta kümmern. Und das habe ich auch gemacht."

Meine Frau mag es nicht, wenn man ihr widerspricht. „Es war nie die Rede davon, dass ich den Baum kaufe. Hörst du: Nie! N ... I ... E. O Gott, ich wusste von Anfang an, dass ich einen unzuverlässigen und charakterlich schwachen Mann heirate. Und jetzt versaust du unseren Kindern auch noch das Weihnachtsfest."

90

Ich hob versöhnlich die Hände: „Na ja, so weit würde ich jetzt nicht gehen. Ich meine: Weihnachten ist doch auch ohne Baum schön. Das Essen, die Musik, die Krippe, der Gottesdienst, die Kerzen, die Geschenke …"

„Nein!" Die frostige Silbe klang wie eine Kriegserklärung. „Unsere Kinder reden seit Wochen von nichts anderem als davon, wie sehr sie sich auf den geschmückten Weihnachtsbaum freuen. Und wenn du weniger im Büro wärst, würdest du das auch mitbekommen. Ich jedenfalls bin nicht bereit, ihre zarten Kinderseelen mit einer solch herben Enttäuschung zu malträtieren, ja, vielleicht sogar zu zerstören."

Ich fand, dass sie ein bisschen übertrieb, habe aber im Lauf der Jahre gelernt, dass es Momente gibt, in denen ich derartige Zweifel besser nicht zum Ausdruck bringe. Aus Selbstschutz. Also sagte ich: „Die Läden sind alle schon zu. Und die Weihnachtsbaumverkäufer haben auch schon eingepackt. Soll ich schnell in den Wald fahren und einen Baum schlagen?"

„Super Idee. Du mit deinen zwei linken Händen. Damit du dir erst mal ins Bein sägst, die Polizei dich dann wegen ‚Illegalem Holzeinschlag' verhaftet und du die Weihnachtsnacht allein in einer Zelle auf dem Revier verbringst. Du denkst auch immer nur an dich!"

Gerade die letzte Bemerkung bestärkte meine Theorie, dass Frauen in wütendem Zustand nicht unbedingt logisch argumentieren. Ich wusste aber nicht, wie ich die

Situation weiter deeskalieren sollte. Vorsichtig sagte ich: „Was hältst du davon, wenn wir die Wäschespinne reinholen und schmücken?"

Ihr Blick zerfetzte meinen Vorschlag in der Luft. „Du Rabenvater. Eine Wäschespinne. Wie bescheuert ist das denn? Ein Baum ist etwas Lebendiges. Das macht doch seine Bedeutung aus. Der Weihnachtsbaum ist ein Symbol für das Leben ..."

Und dann schaute sie mich auf einmal ganz komisch an. So, dass ich sofort wusste: Hier läuft irgendwas schief. Und zwar gewaltig. Zudem hatte meine Frau auf einmal so ein gefährliches Grinsen im Gesicht.

Dann sagte sie: „Du! Ja, du! Du wirst für die Kinder den Weihnachtsbaum spielen. Du hast es ihnen eingebrockt – und du wirst es auch ausbaden. Das ist die ultimative Lösung: Ich werde dich schmücken. Und wage es ja nicht, mir zu widersprechen, wenn du im Leben noch einmal mit mir im gleichen Bett schlafen willst."

Was hätten Sie gemacht? Als Mann?

Meine Frau holte aus unserer Verkleidungskiste ein grünes T-Shirt und eine braune Hose. Dann malte sie alle meine herausstehenden Extremitäten mit grüner Fingerfarbe aus dem Kinderzimmer an – einschließlich des Gesichts – und behängte mich zudem mit den Resten des auseinandergerissenen Adventskranzes.

Dann begann das eigentliche Schmücken: Ehe ich mich versah, hatte sie mich in lange Lametta-Schlangen eingewickelt, während sie an meiner Kleidung mit Sicherheitsnadeln haufenweise Christbaumkugeln befestigte. Ja, selbst an den Bügeln meiner Brille hingen zwei große rote Kugeln. Ich wagte zu diesem Zeitpunkt schon gar nicht mehr, mich zu bewegen ... aus Angst, dass sie mir die Sicherheitsnadeln notfalls auch durch die Haut jagen würde.

Die Christbaumspitze montierte meine Frau geschickt auf dem grünen Tiroler-Hut, den ich von meinem Vater geerbt hatte, eh sie ihn mir mit einer neckischen Handbewegung auf den Kopf drückte. Da erst bemerkte ich, dass an der Hutkrempe auch mehrere Engelchen hingen. Vor allem direkt in meinem Blickfeld, was mich sehr irritierte.

Und irgendwie schaffte meine Frau es auch, an mir rund ein Dutzend Kerzen zu befestigen. Auf der Hutkrempe. Auf den Schultern. Und an den ausgestreckten Armen, die ich in einer Art anbetenden Haltung vom Körper abspreizen sollte.

„Das halte ich keine zehn Minuten aus", jammerte ich, doch sie grunzte nur: „Länger muss das ja auch nicht sein. Dann packen die Kinder ohnehin die Geschenke aus. Jetzt stell dich nicht so an. Wer schön sein will, muss leiden."

Und bevor ich mich mit meiner Rolle richtig identifizieren konnte, kam sie schon mit einem langen Streichholz auf mich zu und zündete mich an. Also: den Weih-

nachtsbaum. Woraufhin die Weihnachtsglocke ertönte und die Kinder hereingestürmt kamen.

„Hä! Das ist doch kein Weihnachtsbaum!"

Meine Frau sog laut die Luft ein. „Doch! Papa wollte euch eine besondere Freude machen. Er hat ... äh ... einen Artikel gelesen, dass es früher üblich war, dass Väter sich selbst als Tannenbaum schmücken. Das ist ein Ausdruck innigster Liebe ..."

„Wann soll denn das gewesen sein?"

Meine Frau warf mir einen dieser „Tu, doch was"-Blicke zu, aber mir fiel auch nichts ein, was die Situation hätte retten können.

Mein Sohn war den Tränen nahe: „Aber was kann denn so ein Papa-Baum besser als ein echter Tannenbaum?"

Die Frage hing bleischwer im Raum. Dann sagte meine Frau: „Äh ... nun ja ... äh ... tanzen! Er kann tanzen!" Sie klatschte in die Hände: „Das ist es: Ihr habt den einzigen Tannenbaum der Welt, der tanzen kann. Papa wartet schon die ganze Zeit darauf, dass er für euch tanzen kann. Los, wir singen."

Und so hüpfte ich meinen Kindern zuliebe wie wild zu den Klängen von „O Tannenbaum" durch unser Wohnzimmer, drehte mich im Kreis und rollte mit den Augen. So lange, bis unsere Kinder begeistert und mit funkelnden Augen mit mir tanzten.

Irgendwann sagte unsere Tochter ganz außer Atem:

„Papa, was heißt eigentlich ‚O Tannenbaum, dein Kleid will uns was lehren'?"

Ich strich ihr über die Wange, wo mein Finger einen grünen Farbstrich hinterließ. „So wie der Tannenbaum immer grün ist, so ist auch Gottes Liebe immer bei uns. Und so ist auch die Liebe von Mama und mir immer bei euch. Wir würden euch nie im Stich lassen."

Kurz darauf stürzten sich unsere Kinder auf die Geschenke und meine Frau raunte mir zu: „Das hast du richtig gut gemacht. Und weißt du was: Du siehst echt knackig aus, so als Tannenbaum. Da bekomme ich richtig Lust, Bäume zu umarmen."

Ich wollte sie küssen, aber sie beugte sich zur Seite: „Nee, noch nicht, ich will doch keine grüne Farbe im Gesicht. Schmink dich erst mal ab. Oder warte, bis die Kinder schlafen."

Und dann flüsterte sie mir ins Ohr: „O Tannenbaum, o Tannenbaum. Du kannst mir sehr gefallen!"

Mögliche
Unmöglichkeiten

Von Thomas Klappstein

Gabriel, Gabriel – der Name geht mir nicht mehr aus dem Sinn. Nervig! Ob Maria was mit ihm hat? Schon ein bisschen schräg, die Geschichte, die sie mir da aufgetischt hat. Wir wollten doch bald heiraten. Verlobt haben wir uns ja schon vor längerer Zeit, gleich, nachdem uns beiden klar wurde, dass wir zusammen sein, unser Leben gemeinsam verbringen wollen. Maria und Josef – wir waren so ein schönes Paar, wir beide. Und jetzt das: Schwanger sei sie, sagt sie. Ohne dass sie mit einem anderen Mann zusammen war bzw. intim war. Und das soll ich glauben? Wir haben doch auch nicht miteinander geschlafen. Wie kann sie dann schwanger sein? Wie soll das gehen?

Ob doch dieser Gabriel? Hm, der hat es ihr ja angeblich nur mitgeteilt. Er wäre noch nicht mal ein Mann, sondern ein Engel, meinte sie. Ein Bote Gottes. Obwohl er ausgesehen habe wie ein Mann. So gekleidet, wie das hier in der

Gegend halt üblich ist. Woran sie denn gemerkt habe, dass er ein Engel sei, habe ich sie gefragt. An der Art, wie er mich begrüßt hat, gab sie zur Antwort. Erschrocken habe sie sich schon, als er den Raum betreten habe, in dem sie sich befand, aber hauptsächlich über seinen Gruß. Das Besondere an seinem Auftritt sei nicht sein Aussehen gewesen, sondern sein Gruß: „Sei gegrüßt, du Begnadete! Der Herr ist mit dir!"

Nicht gerade die übliche Begrüßungsfloskel gegenüber einer Frau hier bei uns in Nazareth. Dass sie sich erschrocken hat, kann ich gut nachvollziehen – wäre mir selbst ebenso ergangen. Denn mit diesen Worten: „Der Herr ist mit dir!" wird doch das Kommen des Messias eingeleitet. So hat es der Prophet Jesaja geschrieben: „Siehe, eine Jungfrau ist schwanger und wird einen Sohn gebären, den wird sie nennen Immanuel." Und „Immanuel" bedeutet genau das: „Der Herr ist mit uns." Das würde ja heißen, dass ausgerechnet Maria den Messias gebären würde.

Es ist noch gar nicht lange her, da wurde diese Passage in der Synagoge aus der Schriftrolle des Jesaja gelesen. Obwohl das nichts Besonderes ist, das wird schon seit Generationen immer wieder zitiert. Aber passiert ist bis jetzt noch nichts. Gott hat sich schon lange nicht mehr bei seinem Volk gemeldet, geschweige denn seine Zusage eingelöst. Und nun auf einmal? Okay, Maria ist – wenn es stimmt, was sie sagt – Jungfrau, aber trotzdem ... Ich weiß nicht, für mich ist das echt schwer einzusortieren.

Auch wenn ich eigentlich davon überzeugt bin, dass es diese Boten Gottes, diese Engel, geben soll. In den alten Schriftrollen wird ja immer wieder mal von ihnen berichtet. Aber die Ereignisse, die dort geschildert werden, sind auch lange her.

Und nun soll ausgerechnet Maria die Auserwählte sein, von der schon Jesaja gesprochen hat? Ausgerechnet sie hat eine Begegnung mit so einem Gottesboten, mitten im Alltag und mit lebensentscheidenden Folgen? Kann es so etwas geben? Und warum ausgerechnet bei mir, bei uns beiden? Hätte Gott es nicht auch eine Nummer kleiner, begreifbarer gehabt? Oder sich irgendjemanden anderen aus der Familie aussuchen können? Meinen Cousin z. B., der seit einer Woche verheiratet ist?

Natürlich wollte ich dann wissen, wie das jetzt mit dieser Schwangerschaft geschehen solle, ob sie dafür irgendeine plausible Erklärung habe. Danach habe sie den Engel auch gefragt, sagte sie mir, und als Antwort hätte sie bekommen, dass der Heilige Geist das in ihr bewirken würde. Und dass bei Gott nichts unmöglich sei. Daraufhin habe sie dem Engel geantwortet: Ich will für Gott alles geben, ich gehöre ihm; alles, was du gesagt hast, soll auch so passieren. Oder so ähnlich.

Große Worte! Mir fällt das nicht so leicht. Diese komische Schwangerschaft und ihr Zustandekommen kann ich nur schwer einsortieren. Schwanger durch die Überschattung, eine leise Berührung des Heiligen Geistes?

Nicht, dass ich Gott das nicht zutrauen würde. Sein Geist hat ja schon öfters Unmögliches möglich gemacht. So wie der Rabbi in der Synagoge es manchmal sagt, wenn er aus dem Anfang der Genesis-Schriftrolle vorliest: Gott hat durch seinen Geist und sein Wort alles Leben hier auf dieser Erde geschaffen und auf seinen Weg gebracht. Und sie lesen sich ja auch immer ganz nett, solche Geschichten. Aber wenn man auf einmal selbst Teil davon ist ...

Das wirft meine ganze Lebensplanung durcheinander. Und Marias ja auch. Jetzt will sie von mir wissen, wann wir heiraten wollen. Denn ihr Kind solle ja schon in eine Familie hineingeboren werden. Geantwortet habe ich ihr noch nicht! Da kann und will ich momentan eigentlich gar nichts zu sagen. Bei dem Durcheinander, das in mir herrscht. Am liebsten würde ich eigentlich sofort Schluss machen. Engel hin oder her!

Was mich bis jetzt davon abhält, ist etwas, was der angebliche Gottesbote noch über das Kind gesagt hat: „Jesus soll er heißen. Er wird mächtig sein, und man wird ihn Gottes Sohn nennen. Die Königsherrschaft Davids wird er weiterführen und die Nachkommen Jakobs für immer regieren. Seine Herrschaft wird kein Ende haben." Das hat mich zutiefst berührt. Denn dieser Messias, der verheißene Erlöser, der in Ewigkeit Recht und Gerechtigkeit bringt, dieser Messias soll laut Jesaja tatsächlich aus der Familie von David stammen, unserem früheren großen und von Gott gesegneten König, soll aus seinem Geschlecht, aus

seinem Stammbaum, hervorgehen. Und hier wird es auf einmal sehr persönlich für mich. Ich gehöre doch dazu. Auch wenn ich Handwerker und Zimmermann bin und kein Prinz oder Königssohn, ist David einer meiner Vorfahren. Und wenn ich, Josef, aus dem Geschlecht David, Maria jetzt heirate, gehört sie zur Familie. Und das Kind, das sie in sich trägt und gebären wird, auch. Dann würde ich gerade nicht nur live erleben, wie Geschichte geschrieben wird, wie etwas passiert, was Einfluss auf viele, viele – wenn nicht gar alle – weiteren Generationen in der Weltgeschichte haben wird, sondern wäre sogar ein Teil davon.

Ist Gott tatsächlich wieder richtig aktiv? Kann und soll ich ihn beim Wort nehmen?

Diese komische Schwangerschaft und das Zustandekommen kann ich immer noch schwer einsortieren.

Was wird eigentlich sein, frage ich mich, wenn ich Maria nicht heirate? Dann würde ja ihr Kind formal nicht zum Geschlecht Davids gehören, also zu unserer Familie.

Ich kann nachts momentan kein Auge zumachen. Ständig kreisen meine Gedanken. Soll ich bei ihr bleiben oder soll ich sie verlassen? Mache ich mich zum Gespött, wenn ich ihr diese Geschichte glaube? Wäre vielleicht nicht schlecht, wenn Gott mir auch mal so einen Engel vorbeischickt, der mich aufklärt und anspricht. Und sei es nur im Traum.

Andererseits wird Gott offensichtlich wieder aktiv. Er will scheinbar durch seinen Sohn in dieser Welt ankom-

men. Auf diese Ankunft haben wir so lange gewartet. Kann ich mich da verweigern? Maria scheint da schon weiter zu sein als ich.

Die Ankündigung von Jesu Geburt aus Josefs Sicht, frei nach Lukas 1, 26–38.

Das entspannt-friedliche Weihnachtschaos

Von Rebekka Gohla

Es ist der 23. Dezember, ich sitze daheim auf meinem Sofa und genieße eine heiße Schokolade. Nicht einfach nur Kakaopulver in Milch gerührt. Nein, wenn schon genießen, dann richtig. Also stand ich in meiner Küche und schmolz Schokolade auf dem Herd. Ich steh ja nicht oft in der Küche, und kochen kann ich auch nicht wirklich, aber heiße Schokolade machen kann ich! Also hab ich die flüssige Schokolade in meine größte Tasse gegossen, heiße Milch dazu – und nun sitze ich hier.

Ich liebe die Weihnachtszeit. Die Weihnachtsmusik krame ich immer schon eine Woche vor dem ersten Advent hervor. Sonst lohnt sich das ja gar nicht. Wenn schon nur zur Weihnachtszeit, dann will ich möglichst viel davon haben. Lieber vorher als zu Silvester, denn das wäre mir dann doch zu verrückt. Alle Weihnachtsgeschenke sind gekauft. Meine Freundinnen bekommen

in diesem Jahr selbst gemachte Pralinen aus der Küche. Es ist alles verpackt – immerhin ist morgen Heiligabend, und wer will schon kurz vorher mit dem Strom der Leute schwimmen, die sich durch die Innenstadt schieben, um „Last-minute-Geschenke" zu besorgen?

Zurück zu meinem Sofa. Aus den Boxen klingen sanfte Klänge, die mich in eine wahre Winterwunderwelt versetzen. Die selbst gebackenen Kekse neben mir und in der Hand die heiße Schokolade – es ist ein Traum!

Okay, jetzt ehrlich: Es ist der 23. Dezember, ich sitze in meinem Auto und fahre Runde um Runde durch das Parkhaus in der Innenstadt. Vor und hinter mir eine Schlange von Autos, ich bin eingeschlossen. Es geht nichts vor und nichts zurück. „Hört doch auf zu hupen, das hilft auch nichts!", rufe ich. Mich kann niemand hören, ich sitz ja in meinem Auto. Der Radiosender versagt hier unterm Dach im Parkhaus seine Dienste, und ich will nach Hause. Ich will nach Hause, aber es hilft nichts. Seit Wochen prahle ich vor meinen Freundinnen damit, dass ich bereits alle Geschenke beisammenhabe. Während meine Arbeitskollegin zwischen ihren Terminen hin und her eilt, um eine weitere Besorgung zu erledigen, bleibe ich ein wenig länger mit meinem Kaffee sitzen und bemitleide sie nicht wirklich – sie hätte ja so schlau sein können wie ich und alles rechtzeitig besorgen können!

Vielleicht ist es dieser Stolz, der mich diese eine letzte Kleinigkeit vergessen ließ. Vielleicht habe ich dieses

Rumsitzen im Auto verdient, um von meinem hohen Ross runterzukommen? Ich weiß es nicht. Aber was ich weiß, ist, dass ich endlich nach Hause will. Wieso müssen denn so viele Menschen an diesem Tag, einen Tag vor Heiligabend, noch in die Stadt?

Als es endlich vorwärtsgeht, bin ich völlig entnervt. Gut, dass mein Auto so klein ist. Ich pass wirklich in jede Lücke mit ihm. Im Geschäft wird es nicht besser, die Menschen stehen in Scharen an den Kassen. Sind hier Reisebusse angekommen? Ist heute Feiertag in Holland und keiner wusste, was er mit so viel freier Zeit kurz vor Weihnachten anfangen soll? Nun gut, jetzt sind wir alle hier. Tun wir doch so, als hätten wir Spaß, das macht es vielleicht leichter. Wobei – im Ruhrgebiet kommt man mit den verrücktesten Leuten ins Gespräch. Wenn nicht an der Kasse, wo dann? Also stehen wir gefühlte zwei Stunden an, während sich die Schlange alle 10 Minuten fünf Zentimeter nach vorn bewegt. Als ich mich angestellt habe, stand ich noch 50 Meter vor der Kasse an der Wursttheke. Ein kleines Missverständnis, denn ich wollte keine Wurst, ich wollte die Pralinen zum Geschenk bezahlen. „Das können Sie aber nicht bei mir machen, hier bekommen Sie nur Wurst. Fleischwurst, Leberwurst, Schinkenwurst und Salami. Oder suchen Sie einen Braten für Weihnachten?"

Ich kläre die Verkäuferin hinter der Theke auf. Es ist so laut im Geschäft, dass sie mich nicht versteht. „Was? Keine Wurst?", fragt sie. „Dann gehen Sie bitte weiter, hier sind

noch andere Kunden, die Wurst möchten." „Ich kann hier nicht weg, das ist mein Platz auf dem Weg zur Kasse!", erkläre ich erneut. Jetzt endlich versteht sie. Als es den beiden Kunden hinter mir ähnlich ergeht, sind wir bereits gute Freunde – immerhin verbindet uns ein etwas surreales Erlebnis mit der Wurstverkäuferin.

Als ich schon an den Tiefkühltruhen stehe, kommen vor mir zwei ältere Damen ins Gespräch. „Das letzte Mal so angestanden habe ich, als es eine Gemüselieferung gab. Das war 1943!", sagt die eine.

„Wem sagen Sie das. Ich war damals zehn. Dabei gibt es doch heute genug Gemüse für alle", erwidert die andere. Das fällt den meisten Menschen aber scheinbar erst heute auf, denke ich.

Endlich geht es weiter. Vorbei an den Toilettenartikeln, den Zeitschriften, und endlich an den Zigaretten angekommen, weiß ich, dass ich es bald geschafft habe. Vor mir hakt das Vorankommen. Eine der alten Damen bezahlt ihren Einkauf von 2,79 Euro ausschließlich in Centstücken („Wie bitte? So viel für ein Pfund Butter? Haben Sie heute die Preise erhöht?", wundert sie sich). Während die Kassiererin die Häufchen an Münzen zählt, überlege ich, wann jemals jemand in meiner Umgebung in Pfund gerechnet hat.

Nach tatsächlichen 90 Minuten (so lang wie ein ganzes Fußballspiel!!!!) verlasse ich erschöpft den Laden. Ich habe Kopfschmerzen. Alles ist laut, die Stimmen der anderen

Kunden vermischen sich mit der nervigen Musik, die von ruhigen und harmonischen Weihnachtstagen im Kreise der Liebsten handelt.

Zurück im Auto, reihe ich mich wieder in die Schlange ein. Ich meine, den Mann zu erkennen, der vorhin wutentbrannt gehupt hat. Ob er immer noch oder wieder hier steht? Ich winke freundlich, auch wir sind mittlerweile so etwas wie Verbündete.

Ich bin zu Hause. Was hätte ich an diesem Tag alles machen können! Ist es da verwunderlich, dass ich von einer heißen Schokolade träume? Aber jetzt noch in der Küche stehen und Schokolade schmelzen ist wirklich zu viel des Guten. Selbst ein heißes Bad ist zu viel, denn ich muss ja selbst wieder aus der Badewanne aussteigen. Das schaffe ich auf keinen Fall mehr.

Aber jetzt mal ehrlich. Allein beim Schreiben wird mir schwindelig und mein Herz rast noch immer. Wieso tu ich mir solch einen Stress an? Wenn wir davon ausgehen, dass wir aus jeder Situation unseres Lebens etwas lernen, dann frage ich mich, was ich heute gelernt habe? Gemüse war im Krieg selten. Aber das wusste ich schon. Umso schöner ist es doch, dass es uns heute so gut geht.

Ich empfinde in jedem Fall mehr Mitgefühl mit meinen Mitmenschen, die ich bis gestern noch belächelt habe. Der Sturz vom hohen Ross war ermüdend. Also werde ich als Lehre aus diesem Tag ziehen, dass ich im nächsten Jahr meine Listen mehrfach überprüfe und nichts

vergesse. Doch nehmen wir uns das nicht in jedem Jahr vor? Diesmal wird alles anders. Am besten bringen wir die Geschenke schon aus dem Sommerurlaub mit, damit wir die Adventszeit bestmöglich genießen können. Es sind nur vier Wochen im Jahr. Diese vier Wochen sollen uns auf Weihnachten einstimmen. Fest der Liebe, Fest der Zeit für Familie und Freunde, Zeit der Besinnung und der Ruhe. Am Ende des Jahres geht es um den Rückblick auf das vergangene Jahr und den Ausblick auf ein neues Jahr, das auf uns wartet. Es geht um das größte Geschenk, das Gott den Menschen gemacht hat: Er hat seinen Sohn auf die Welt geschickt, obwohl er schon wusste, wie das ausgehen würde. Aber gerade diese vier Wochen sind stressiger, hektischer, vollgepackter und terminreicher als alle anderen Wochen im Jahr.

Warum? Warum tun wir uns das an? Wieder und wieder? Wieso nehmen wir uns nicht die Zeit, Musik einzulegen, Schokolade zu schmelzen, um sie mit Milch zu genießen? Wieso versuchen wir, aus all den Situationen unseres Lebens zu lernen und etwas zu verändern, während wir es Weihnachten immer wieder aufs Neue schaffen, auf die Nase zu fallen?! Ich weiß, dass ich mit dem Stress der Weihnachtszeit nicht alleine bin. Zumindest die Autofahrer im Parkhaus und die Kunden in der Schlange an der Kasse verstehen meinen rasenden Puls. Aber ich weiß etwas wirklich Beruhigendes: Nächstes Jahr haben wir eine neue Chance, die Weihnachtszeit zu

genießen. Vorher alles zu erledigen, um die vier Wochen bis Weihnachten zu *genießen*: mit Tee, Kerzen, Zeit mit Freunden, zum Innehalten und *genießen*. Zeit, uns an die Dinge zu erinnern, die wirklich wichtig sind. Und Nerven im Parkhaus zu lassen und für die Dauer eines gesamten Fußballspiels in einer Schlange zu stehen gehört nun wirklich nicht dazu.

Exodus

Von Martin Schultheiß

Lieber Jahwe,
du Gott Abrahams und Isaaks und Jakobs,
ist dir eigentlich bewusst, dass auch du
einen Migrationshintergrund hast?

Nun ja, es wird dir wohl bewusst sein.
Aber wir, die wir dich verehren,
halten dich für einen Germanen.
Für einen von uns.

Dabei stammst du aus dem Nahen Osten,
zogst jahrhundertelang mit Nomaden umher.
Im Zelt, ohne feste Bleibe.
Dann folgte die Zeit der Sklaverei, in Ägypten.
Einem sicheren Herkunftsland.
Aber du betätigtest dich als Fluchthelfer.

So mancher christliche Politiker würde dich heute
einen Schlepper oder Schleuser nennen.
Du versprachst den Ausreisewilligen
ein Land, in dem Milch und Honig fließt.
Und zeigtest ihnen das Schlupfloch
durch die Grenzen des Roten Meeres.
Aber der Preis war hoch:
40 Jahre Wanderschaft durch die Wüste,
ein Volk ohne Land,
angetrieben von der Hoffnung
auf ein besseres Leben.

In Kanaan wurdest du dann endlich sesshaft,
bekamst eine eigene Immobilie
auf dem Tempelberg in Jerusalem.
Und ein Königreich,
das diesen Tempel beschützen sollte.
Du hattest eine gute Zeit,
über 300 Jahre lang.

Aber dann wurde dein Volk gefangen genommen,
dein Haus zerstört,
deine Heimat vernichtet.
Doch die Hoffnung blieb lebendig.

So ist nun mal der Nahe Osten.

Dein geliebtes gelobtes Land wurde abwechselnd
von fremden Mächten beherrscht:

Heute nennt man sie Syrien, Irak, Iran, Griechenland,
Italien. Doch dein Volk war zäh und trotzte aller Un-
terdrückung. Es baute dir ein neues Haus
auf den Trümmern der alten Ruine.

Jetzt konntest du eine kleine, heilige Familie gründen
und bekamst einen Sohn.
Er kam in einer Notunterkunft zur Welt.
Kaum auf der Welt, musste er fliehen,
ausgerechnet nach Ägypten.
Bis die Zeit des Mordens in seinem Herkunftsland
vorüber war.

Dein Sohn entwickelte sich prächtig
und wurde zum Hoffnungsträger für viele.
Voll Güte und Weisheit, Leidenschaft und Hingabe.
Ein Störfaktor für die Mächtigen. Ein Rebell.
Deshalb wurde er gefoltert und hingerichtet.
Wie es die Mächtigen mit Rebellen eben so machen.

Aber sie konnten ihn nicht vernichten.
Auf geheimnisvolle Weise lebte er weiter.
Und lebt immer noch.
Gibt Menschen Hoffnung, Kraft und Inspiration.

Paulus nahm diese frohe Kunde mit auf seine Reisen.
Er begleitete dich auf der gefährlichen Fahrt
übers Mittelmeer.
Er wanderte mit dir zu Fuß durch die Türkei
und erreichte das europäische Festland.
Über Italien und die Balkanroute kamst du allmählich
ins übrige Europa, auch nach Deutschland,
das damals noch ganz anders hieß
und von anderen Völkern bewohnt war.

Deinen glühenden Verehrern war jedes Mittel recht,
um deinen Namen zu verbreiten.
Sie schreckten auch vor Gewalt nicht zurück,
die dein Sohn doch so sehr verabscheut.
So wurden nach und nach für dich große Teile
der Welt erobert
und zu deiner Heimat, zu God's Own Country, erklärt.

Du lerntest Griechisch und Latein,
Spanisch, Englisch und Deutsch,
während deine Muttersprache allmählich
an Bedeutung verlor,
von deinem Tempel nur ein beklagenswerter Rest blieb
und dein Volk sich über die ganze Welt zerstreute.

Die Integration gelang.
Die Könige und Kaiser gaben dir
eine sichere Stellung bei Hofe.
Die Architekten bauten dir großartige Häuser.
Die Philosophen brachten dir bei,
dich nicht mehr orientalisch,
sondern westlich zu kleiden.
Sie färbten deinem Sohn die Haare blond
und die Augen blau.
Und zum Schluss sagten sie,
sie bräuchten dich nicht mehr,
sie kämen ohne dich besser zurecht.

Dabei braucht dich diese Welt
in all ihrer Zerrissenheit
mehr denn je.

Im Namen aller Fliehenden und Verfolgten
bittest du um Asyl in unseren Herzen.
Es wird Zeit, die unsichtbaren Grenzzäune zu öffnen.
Wenn das schutzlose Christkind
in unseren Häusern eine bescheidene
Unterkunft findet,
dann geschieht Weihnachten.

Ich bin doch nur Geschäftsmann

Von Frank Bonkowski

Lassen Sie mich zunächst ein für alle Mal etwas klarstellen: Ich bin weder politisch engagiert noch in irgendeiner Weise radikal. Ich bin ein ganz normaler Geschäftsmann, dem daran gelegen ist, genug Gewinn zu machen, um seine Familie ernähren zu können. Das musste erst mal gesagt werden.

Seit sich wegen des Cäsaren lästiger Völkerzählung Tausende in unsere schöne Stadt Bethlehem aufgemacht haben und wir dieses eine armselige Paar aus Nazareth abweisen mussten, hält sich hartnäckig ein Gerücht über meine schöne Herberge, dem ich in aller Schärfe widersprechen muss:

Meine Herberge ist nicht überfüllt, und die Aussage, dass wir nicht gastfreundlich seien, ist einfach nicht wahr.

Wie Ihnen unsere vielen treuen Kunden bestätigen können, ist bei uns zwar immer viel los, aber es stehen zu jeder Zeit genügend Räume zur Verfügung. Und wir bieten günstige Preise, Zimmer für jeden Geschmack und unser preisgekröntes kontinentales Frühstück: mit frischem Brot und unserem berühmten, selbst gemachten Honig. Unser Gasthaus hat eine lange und stolze Tradition und ist dafür bekannt, dass wir über Jahre viele unterschiedliche Menschen bei uns willkommen geheißen haben ... nur eben nicht *solche* Menschen.

Lassen Sie mich einfach mal aus meiner Sicht erklären, was wirklich passiert ist:

Zwei von „solchen Menschen" sind eines Abends hier aufgetaucht, um bei uns ein Zimmer zu mieten, mitten in diesem Stress, den uns die Volkszählung ohnehin gemacht hat. Ja, natürlich hab ich sie weggeschickt. Aber nicht, weil wir nicht genügend freie Zimmer oder ausreichend Essen gehabt hätten. Nazarener sind eben, egal wie bedürftig und erbärmlich sie sein mögen, die Art von Menschen, die unsere Ressourcen aufbrauchen und unsere Sicherheit gefährden.

Ich hab mich da informiert, man weiß doch, was das für Leute sind. Sicher ist da auch bestimmt mal ein Guter dabei, aber die Wahrscheinlichkeit, mir einen Vergewaltiger oder einen Dieb ins Haus zu holen, der unsere Gastfreundschaft ausnutzt und den ich nicht wieder loswerde, die ist doch gegeben.

Sie kennen ja bestimmt das Sprichwort: „Was kann aus Nazareth schon Gutes kommen?" Ich glaube, der Satz steht sogar in einer der „Heiligen Schriften".

Sicher, die Frau sah schon sehr erschöpft aus, und schwanger war sie auch noch. Und ihr Ehemann schien ehrlich verzweifelt und verängstigt, aber so etwas kann man auch vortäuschen. Ich will mir gar nicht vorstellen, wie unverschämt solche Leute beim Frühstücksbuffet zugreifen oder ob die sogar Waffen unter ihren Mänteln in unsere Gegend schmuggeln. Mit solchen Leuten kann man nie vorsichtig genug sein.

Mal ganz ehrlich, warum lobt man mich eigentlich nicht für meine Großzügigkeit? Ich war es immerhin, der ihnen seinen Stall angeboten hat. Wie hätte ich denn ahnen sollen, dass aus dieser Geburt so eine Legende werden würde? Wegen diesem Hirtenpack, das überall rumerzählt hat, was in meinem Stall passiert sein soll, nur um sich wichtigzumachen! Komische Geschichten über Engel und einen Messias und Frieden auf Erden. Die haben doch garantiert wieder etwas geraucht, die Jungs, oder beim Lagerfeuer wieder die Weinamphore kreisen lassen.

Jedenfalls hat ihr blödes „Kein Raum in der Herberge"-Gerücht mir das Geschäft mit unzähligen wohlhabenden Wanderern vermasselt, die unsere Gaststätte jetzt umgehen. Die klopfen jetzt bei der nächsten Herberge an, was schade ist, weil die es mit der Sauberkeit ja nicht ganz so ernst nehmen sollen, wie wir es tun.

Ich habe jetzt auch Gerüchte gehört, dass diese berühmte Familie aus meinem Stall unter den Flüchtlingen sein soll, die sich aus Angst vor Herodes' Genozid auf den Weg nach Ägypten gemacht haben. Die Ägypter werden schon merken, was für Leute die sich da ins Land holen. Na ja, besser dort als hier.

Aber ich schweife schon wieder vom Thema ab. Ja, es scheint auf den ersten Blick ein wenig herzlos, eine schwangere Frau in die dunkle, kalte Nacht zu schicken, aber manchmal muss man halt schwere Entscheidungen treffen. Ich habe diese Entscheidung für uns alle hier in Bethlehem getroffen. Für die Sicherheit und das Wohlergehen unserer Kinder, für den Erhalt unserer Werte, für die guten, schrifttreuen Menschen dieser guten Stadt, diejenigen, die sich in den heiligen Schriften auskennen. Ich sehe es als meine Pflicht, sie vor solch gefährlichen Leuten zu schützen, und das habe ich getan.

Ich würde mich trotzdem freuen, wieder zahlreiche Menschen aus aller Herren Länder bei uns in der Herberge begrüßen zu dürfen, solange sie nicht Nazarener oder Samariter oder irgendein ähnliches Gesindel sind.

Und wenn, wäre es natürlich ganz toll, wenn Sie bei den einschlägigen Herbergs- und Wanderführern eine positive Rezension für uns schreiben würden. Hoffentlich erwähnen Sie dabei den selbst gemachten Honig.

Das fünfte Lichtlein – der Gott der zweiten Chance

Von Mickey Wiese

Es war kalt unter der stillgelegten Eisenbahnbrücke am Hafen der großen Stadt. Die rostigen Eisenträger schimmerten in der Dunkelheit in warmen Erdtönen vor dem Hintergrund einer kalt glitzernden weihnachtlichen Pracht. So einen weißen Winter hatten die zerlumpten Männer, die dort saßen, zuletzt in den Tagen erlebt, als das Leben noch gut war und das Feuer nicht sie selbst, sondern nur ihre kindliche Neugierde wärmte. Aber das war schon so lange her, dass es schon fast ein anderes Leben zu sein schien. Mit dem Erwachsenwerden war die Neugierde verblasst wie eine abgelaufene übermalte Werbeplakatwand, für die sich noch kein neuer Mieter gefunden hatte.

Aber Mieter waren sie selbst ja auch schon lange nicht mehr. Eng scharten sich die Männer nun um eine alte Öltonne aus der nahe gelegenen Raffinerie, in der sie den

Müll verbrannten, den sie tagsüber gesammelt hatten. Für das Sauberhalten des Platzes und dafür, dass sie Touristen die Klanginstallation eines stadtbekannten Künstlers an den verbeulten Querverstrebungen der Brücke zeigten, bekamen sie vom Museum für Moderne Kunst ein wenig Geld. Eine Zeitung hatte sie in dem Bericht über die öffentliche Einweihung des Projekts gar die Hirten der Töne genannt, ein sozialromantischer Euphemismus, denn es war nicht genug, um es Gehalt zu nennen, für ein paar innerliche Wärmeeinheiten reichte es allerdings schon. Das Werk sollte dazu beitragen, die akustische Wahrnehmung des Wesens der Stadt zu schärfen.

Die Hirten der Töne brauchten dazu nur die Kälte unter ihrer Haut zu spüren. So achteten sie wie immer darauf, nicht aus dem Lichtkreis des wärmenden Feuers zu geraten, als auf einmal ein großer Schatten über die ganze Szenerie fiel und sie frösteln machte. Die Gruppe der Neuankömmlinge trugen Federboas über teuren Designeranzügen, und das Funkeln ihrer anderen Accessoires machte den entstandenen Schatten mehr als wett. „Wollt ihr Spaß?", riefen sie gut gelaunt und lachten.

Die Männer um die brennende Tonne herum taxierten die Neuankömmlinge misstrauisch. Sie sahen nicht wie die üblichen Kunsttouristen aus, aber auch nicht wie die Entscheidungsträger des Museumsvorstands. Sie erinnerten mit dem glühenden Leuchten in ihren Augen schon eher an die richtigen, das Leben feiernden Künst-

ler. Was wollten die bloß von ihnen mitten in der Nacht? „Jetzt entspannt euch mal. Wir haben tolle Neuigkeiten für euch. Lang genug habt ihr den reichen Touristen nur hinterhergeschaut. Heute Nacht seid ihr endlich dran. Keine Angst, das wird super."

Und mit diesen Worten teilten sie Champagnerkelche aus und gossen offensichtlich teure Wärmeeinheiten hinein, denn glitzernde kleine Kristalle schwebten durch die perlende Flüssigkeit, wie sie es bisher nur einmal bei der Eröffnung der Klanginstallation in einer Flasche Elfenhof Gold gesehen hatten.

Die offene freundliche Art der Neuankömmlinge schaffte schnell Vertrauen und sie stießen miteinander an. Lebendig, fröhlich und gleichzeitig elegant tänzelten die Perlen im Glas, und es war ihnen allen, als ob sie träumten. In der Nase schmeichelten komplexe Aromen mit anhaltender Feinheit von gelben Früchten und hellen Blüten. Am Gaumen offenbarte sich eine rassige Frucht mit Noten von frischer Brioche. Der Nachhall schien ewig und beinahe so unvergänglich wie Gold. Sie begannen die uralten Lieder zu singen, und keine 33 Minuten später waren die Hirten der Töne ein Herz und eine Seele mit den nächtlichen Neuankömmlingen. Jetzt brannten sie geradezu darauf zu hören, was diese beinahe engelsgleichen Leute für Neuigkeiten zu erzählen hatten.

Die Visionsaktionskünstler, denn um solche handelte es sich bei den Engeln, erzählten vom Anbruch einer

neuen Zeit, in der jeder dieselben Chancen habe. Sie wollten die Hirten der Töne motivieren, sich dieser Bewegung anzuschließen und das durch einen Besuch bei dem Symbol der neuen Hoffnung, einem in dieser Nacht frisch geborenen Baby, zu dokumentieren. Die zerlumpten Männer verspürten inzwischen bereits einen solch unglaublichen Bewegungs- und Tatendrang, als hätten sie eine komplette Schiffsladung voll Energydrinks zu sich genommen. Hoffnung und Mut durchströmten ihr Inneres in neu gestärkter Weise. Die Kälte der winterlichen Nacht spürten sie gar nicht mehr, so gut tat ihnen die aufbauende Gemeinschaft. Daher bedrängten sie die Engel nun, ihnen endlich den Weg zu beschreiben, damit sie schnell losgehen könnten, um dabei zu sein. Die Visionsaktionskünstler erklärten den Hirten der Töne den Weg ganz ausführlich, etwa 13 Minuten lang, und schärften ihnen ein, dass sie sich genau daran halten müssten, um nicht verloren zu gehen.

Sofort ließen die zerlumpten Männer alles stehen und liegen und machten sich voller Tatendrang auf den Weg. Unterwegs unterhielten sie sich über die großartige Vision einer besseren Welt, die die glitzernden Kunstengel vor ihren Augen entworfen hatten. Dabei tanzten und jubelten sie noch mindestens bis zur vierten Abzweigung. An der fünften Weggabelung zitierte einer von ihnen noch den schönen alten Kinderreim: „Advent, Advent, ein Lichtlein brennt. Erst eins, dann zwei, dann drei,

dann vier, dann steht das Christkind vor der Tür." Und
der Rest skandierte überschäumend im Chor: „Und wenn
das fünfte Lichtlein brennt, dann hast du Weihnachten
verpennt!"

Sie lachten sich fast tot, so absurd erschien ihnen der
Gedanke daran, sie könnten den neugeborenen Visions-
träger nicht finden, und mussten sich erst einmal hinsetzen und eine Weile verschnaufen. Als sie sich nach einer
Weile wieder aufraffen konnten, merkten sie gar nicht,
dass zwei von ihnen in einer dunklen Ecke liegen blieben.
Der Weg wurde nun doch merklich beschwerlicher und
die Abzweigungen immer komplizierter. Immer häufiger
wurden sie sich uneinig über den Weg, nicht alle erinnerten sich mehr an dasselbe. Sie wollten sich aber auch
nicht ruhig hinsetzen, um zu überlegen. Zu stark drängte
sie die neu gewonnene Lust auf Aktivität und Verände-
rung, kopfüber durch die Nacht zu tanzen, wie die lusti-
gen Kristalle in dem Elfenhof Gold-Champagner.

So kam es, dass sie sich an einigen Scheidewegen auf-
teilten, denn alle hatten sie das ganz gewisse Gefühl, sich
ganz genau an die Instruktionen der überirdischen An-
weisungen der Glitzerengel zu halten. In Wahrheit war
die Stadt aber einfach nur viel zu sehr gewachsen seit
ihrem letzten Besuch, das Gewirr der Straßen zu unüber-
sichtlich, sodass keine der Gruppen ihren Bestimmungs-
ort finden würde. Und nachdem sie bald 40 Stunden
gewandert waren, brachen sie gerade da, wo sie jeweils

waren, zusammen. Ihre Herzen rasten, die Münder waren trocken, die Kleidung schweißnass, die Gedanken fuhren Karussell. Plötzlich überfiel sie ein Schmerz, ein furchtbarer, stechender Schmerz in den Armen und der Brust. Darm- und Blaseninhalt quollen feucht und warm in ihre Beinkleidung. Und dann wurde es dunkel. Nicht abrupt, wie man es sich immer vorstellte, sondern quälend langsam wurden die Ränder ihrer Gesichtsfelder immer diffuser und zogen sich zusammen, bis sie nur noch durch ein kleines winziges Peepshow-Guckloch das Leben erhaschten. Ihr letzter Gedanke traf sie mit unausweichlicher Wucht: Sie hatten das Kind nicht gefunden. Verloren. Game over. Ende und aus ...

... „Und wenn das fünfte Lichtlein brennt, dann hast du Weihnachten verpennt ...", hallte es dumpf in seinem Kopf nach. Blinzelnd versuchte er, die Augen zu öffnen. Grelles blendendes Licht erwartete ihn. Die Luft roch leicht nach Ozon. Aus dem Licht, das in die Dunkelheit seiner Ohnmacht hereinstrahlte, schälte sich eine große weiße Person heraus, mit langem gelocktem blondem Haar, die in den zur Seite ausgestreckten Händen zwei riesige Elektroden eines Defibrillators hielt. War er tot? Ob das wohl ein richtiger Engel war? Von der Silhouette her könnte es fast hinkommen.

„Fürchte dich nicht!", sagte da die große weiße Lichtgestalt mit einem volltönenden Bass. Und hinter ihr

brandete Jubel auf, und er hörte viele Stimmen, die riefen: „Halleluja! Wir haben es geschafft! Wir haben wieder Herztöne ..." Als sich seine Augen an das Licht gewöhnt hatten, sah er neben den engelsgleichen Weißkitteln auch alle seine Freunde, die anderen Hirten der Töne, die er schon verloren geglaubt hatte. Die Freude war groß. Und nach einer Weile erfuhr er aus dem fröhlichen Stimmengewirr, dass die nächtlichen Glitzerengel ihnen mit dem Champagner eine gehörige Portion Crystal Meth verabreicht hatten. Man hatte ihre fortschreitende Desillusionierung filmen wollen in einer Art aktionskünstlerischem Snuff-Video-Happening. Die weißen Gestalten schoben sein Bett nun aus dem OP, und die ganze Gruppe sollte in einen Gemeinschaftssaal verlegt werden. Auf dem Weg dahin schon boten andere aus der Gruppe der Engel allen Hirten der Töne zusammen Plätze in einer Therapiegemeinschaft an, wo sie die Schatten der Vergangenheit in gemeinsamer Arbeit an ihren Herzen überwinden könnten. Und dann geschah es einfach so. Fast hätten sie es gar nicht bemerkt. Aber als sie an der Kinderstation vorbeikamen, hielt eine Schwester gerade ein neugeborenes Baby in die Höhe. Unwillkürlich hielten sie den Atem an und es wurde ihnen ganz warm ums Herz. Die Bedeutung des Augenblicks war niemandem entgangen. Die wahre Hoffnung auf eine bessere Welt hieß Liebe, Wachstum und Vertrauen auf den Schutz der Gnade Gottes.

Später erzählten sie sich noch oft, was sie alle übereinstimmend in diesem Augenblick gesehen hatten. In der Glasscheibe spiegelte sich ein gütiges Gesicht, das jeden Einzelnen ganz persönlich anlächelte. Und dann nahm Gott, denn um niemand anderen konnte es sich bei dem Gesicht handeln, eine Kerze, steckte sie überraschend als fünfte Kerze auf einen Adventskranz und zündete sie an. Dann nahm er ein großes Glas und stellte es als Windlicht über alle fünf Kerzen, sodass keine davon mehr im rauen Wind des Alltags verlöschen konnte.

Und der blonde Engel, der immer noch den Defibrillator in den Händen hielt, rezitierte den Propheten Jesaja, aber nicht den aus den normalen Weihnachtsgottesdiensten, sondern den aus dem tröstenden Kapitel vom Sinn des Lebens, dem Kapitel 42: „Das geknickte Schilfrohr wird er nicht abbrechen und den glimmenden Docht nicht auslöschen. Unbeirrbar sagt er allen, was wahr und richtig ist. Er selbst wird nicht müde, nie verliert er den Mut, bis er auf der ganzen Erde für Recht gesorgt hat." (Jesaja 42,3+4) Weihnachten heißt: Gott selbst zündet allen Menschen das fünfte Lichtlein an, er ist der Gott der zweiten Chance! Gloria in excelsis deo und Friede auf Erden in allen Menschen ...

Die Überraschung

Von Martin Schultheiß

„Jochen, kommst du mal?"

Der Angesprochene blickte irritiert von seiner Lektüre auf: „Was ist denn?"

„Komm schon, ich will dir was zeigen!"

Jochen seufzte, verdrehte die Augen, aber so, dass Britta es nicht sehen konnte, und legte seinen Thriller beiseite. Dann schlenderte er betont langsam zu ihr hinüber und blickte von hinten über ihre Schulter auf den Bildschirm.

„Schau mal, ich hab' hier ein ganz tolles Kinderbett gefunden, umbaubar zum Jugendbett, mit allem Drum und Dran, und dabei noch richtig günstig!"

Er strich ihr sanft über das dunkle, leicht widerspenstige Haar.

„Ja, das ist wirklich toll, aber meinst du nicht, wir sollten abwarten, bis wir einigermaßen sicher sein können, dass das mit der Schwangerschaft auch klappt?"

„Jetzt verdirb doch nicht alles", gab sie leicht gereizt zurück, „ich schau mich einfach nur um. Was dagegen?"

„Nein, nein, ist ja schon gut. Ich meine nur, es ist vielleicht nicht sinnvoll, sich darauf zu versteifen, dass wir wirklich Kinder haben können. Vielleicht soll es einfach nicht sein."

Jochen war eben durch und durch Ingenieur und konnte mit seiner Sachlichkeit Britta ganz schön auf die Palme bringen. Aber natürlich hatte er recht. Zwei Fehlgeburten hatte sie hinter sich, und auch die Kinderwunschbehandlung brachte bis jetzt nur enttäuschende Ergebnisse.

„Ich will aber nicht ohne Kinder leben", entgegnete Britta trotzig. „Ich habe schon als Teenie davon geträumt, einmal Kinder zu haben, mindestens zwei und am liebsten noch mehr, und ich gebe nicht so schnell auf. Wenn wir selbst keine kriegen können, dann adoptieren wir eben welche."

„Du weißt doch, dass das nicht so einfach ist: Es gibt viel zu viele adoptionswillige Paare und nur ganz wenige Kinder, die zur Adoption freigegeben werden. Das ist wie ein Sechser im Lotto. Das Verfahren dauert viele Jahre, und im Zweifel kriegst du dann ein total traumatisiertes Kind aus einem Heim in Kasachstan."

Warum habe ich nur einen Ingenieur geheiratet, fragte sich Britta, aber sie hütete sich davor, diesen Gedanken laut auszusprechen. Eigentlich verstanden sie sich als Paar außergewöhnlich gut, aber beim Kinderwunsch fühlte

sich Britta einfach von ihrem Mann nicht ernst genommen. Vielleicht ist das ja wirklich für Frauen viel existenzieller als für Männer, dachte sie. Bei uns Frauen tickt nun mal die biologische Uhr, Männer können sich im Prinzip viel mehr Zeit lassen.

Aber Britta hatte jetzt keine Lust mehr auf Grundsatzdiskussionen. Für heute war es genug.

„Ich muss noch Plätzchen backen für den Adventsbasar. Hilfst du mir dabei?"

Drei Tage später saßen sie wieder gemütlich im Wohnzimmer. Jochen war jetzt mit seiner Lektüre auf der Zielgeraden und hatte noch zwanzig Seiten zu lesen, während Britta im Internet stöberte.

„Jochen, mir ist gerade eine Idee gekommen."

„Hat das noch ein paar Minuten Zeit? Es ist gerade total spannend!"

„Das Buch ist auch in einer halben Stunde noch spannend. Ich will jetzt mit dir reden!"

„O. k."

Britta konnte manchmal ziemlich hartnäckig sein. Zögernd legte Jochen das geöffnete Buch mit den Seiten nach unten auf den Couchtisch, damit er die Stelle gleich wiederfinden konnte, und blickte Britta herausfordernd an.

„Also, was ist?"

„Ich habe mich gerade mal ein bisschen über das Thema Adoption schlaugemacht. Du hast recht – es ist wirklich

schwierig. Aber was hältst du davon, wenn wir ein Pflegekind aufnehmen?"

„Ein Pflegekind? So einen schwer erziehbaren Problemfall aus einer asozialen Familie? Der uns beklaut und die Möbel ruiniert? Nein, danke!"

„Jetzt sei doch nicht immer so negativ!" In Britta machten sich Wut und Enttäuschung über Jochens Ignoranz bemerkbar. Ihr war es ernst. Aber es war ja auch eine blöde Idee gewesen, ihn aus seiner Lektüre herauszureißen. Selber schuld. Aber jetzt war es zu spät. Also fuhr sie fort: „Das stimmt doch so alles gar nicht. Ja, mit Pflegekindern kann man Probleme bekommen. Aber die kann man auch mit eigenen Kindern bekommen und mit adoptierten erst recht. Hier in der Nachbarschaft kenne ich zwei Familien, die haben Pflegekinder und kommen damit super zurecht."

Jochen biss sich auf die Lippen. Die polemische Bemerkung war wirklich nicht fair gegenüber Britta gewesen. Erst Hirn einschalten, dann reden, dachte er sich und versuchte erst einmal, Zeit zu gewinnen: „Tut mir leid. Ehrlich gesagt kenne ich mich mit dem Thema kein bisschen aus. Erzähl mal: Was hast du denn rausgefunden?"

Das war eine Basis, auf der man reden konnte. Und das nutzte Britta reichlich aus. Sie sprudelte über von all den Informationen, die sie im Netz gefunden hatte, bis Jochen nur noch der Kopf schwirrte. Irgendwann einmal, nach etwa anderthalb Stunden, gab er auf.

„Du, Britta, ich kann nicht mehr. Ich muss da erst mal 'ne Runde drüber schlafen. Lass uns morgen weiterreden."

Sie nickte. Dass er so lange zuhören würde, hätte sie nicht gedacht. Den Showdown seines Thrillers hatte er sich redlich verdient.

Vier Tage später saßen Britta und Jochen beim Jugendamt und ließen sich beraten. Nach langem Abwägen aller Umstände war so ein Pflegekind vielleicht wirklich eine Möglichkeit, den Wunsch nach Familie zu verwirklichen, wenn es mit dem eigenen nicht klappen sollte. Auf alle Fälle schien es gut, zur Sicherheit einen Plan B auszuloten.

„Schön, dass Sie gekommen sind. Aber wissen Sie eigentlich, worauf Sie sich einlassen?" Die Referentin vom Jugendamt verpasste dem Paar gleich zu Beginn einen ordentlichen Dämpfer. „Diese Kinder sind meistens völlig traumatisiert und beanspruchen Ihre volle Aufmerksamkeit. Das ist Arbeit – richtig harte Arbeit." Sie blickte aus dem Fenster, wo immer noch ein Rest Raureif auf der Wiese hing. „Nicht jeder steht das durch. Auf alle Fälle werden Sie psychologische Betreuung brauchen." Britta rutschte das Herz in die Hose. Statt dass die sich freuen, dass man überhaupt kommt, dachte sie. Aber so schnell ließ sie sich nicht unterkriegen.

„Mit Krisen kennen wir uns aus", konterte Britta resolut. „Ich habe jahrelang im Schichtdienst in der Notaufnahme eines Krankenhauses gearbeitet, mein Mann hat

seine demenzkranke Mutter gepflegt. Wir sind kein junges, naives Pärchen mehr!"

Das überzeugte. Nach anderthalb Stunden hatte Britta eine kleine Liste aufgeschrieben, was alles zu organisieren war: polizeiliches Führungszeugnis, ausführlicher Lebenslauf, Fragebogen des Jugendamts, hausärztliche Unbedenklichkeitsbescheinigung, Termin beim Psychologen, nächster Termin beim Jugendamt, Termin für eine Hausbegehung. Später sollten dann noch Fortbildungsseminare dazukommen. Insgesamt konnte man für die Vorbereitungsphase rund drei bis vier Monate ansetzen.

„Na, das ist doch sehr viel aufwendiger, als ich dachte", meinte Jochen auf dem Heimweg, „als ob man das alles bräuchte, wenn man selber Kinder bekommt! Nun ja, das sind halt Behörden, und irgendwie kann man ja auch verstehen, dass die sich absichern wollen. Aber vielleicht ist das langfristig tatsächlich eine Möglichkeit für uns. Die Formalien können wir ja schon mal hinter uns bringen. Im Sommer sehen wir dann, wie es mit unserem eigenen Kinderwunsch weitergeht, und entscheiden dann. Und jetzt konzentrieren wir uns erst mal auf Weihnachten, vielleicht zum letzten Mal ohne Kinder. Die Gelegenheit sollten wir nutzen. Ich habe mir deshalb was für uns beide ausgedacht, aber was – das verrate ich nicht. Jedenfalls solltest du dir über die Feiertage nichts vornehmen. Die Verwandten können wir auch im neuen Jahr noch besuchen."

Britta versuchte in den nächsten Tagen mit allen Tricks aus Jochen herauszubekommen, was genau er sich ausgedacht hatte. Doch er blieb hart. Nur so viel verriet er, dass sie am Heiligen Abend vormittags wohl ihre Koffer packen müsse und dass sie auch ein paar leichte Sachen mitnehmen solle. Jochen war zwar durch und durch Ingenieur und plante nach Möglichkeit in seinem Leben alles voraus, aber er liebte es, Britta wie einen Fisch an der Angel zappeln zu lassen. Das war eben seine Form von Romantik – ihm gelang es immer wieder, sie zu überraschen, und deshalb ließ sie sich das auch gerne gefallen.

Wie jedes Jahr flogen die Adventstage nur so dahin, ein Termin jagte den nächsten, und irgendwie schafften es beide auch in diesem Jahr wieder, den festen Vorsatz „Wir schenken uns nichts!" trickreich zu unterlaufen. Am Vormittag des 24. Dezember war es draußen eklig kalt, richtig ungemütlich. Graue Weihnacht überall. Britta packte brav ihren Koffer und achtete darauf, für alle möglichen Witterungsverhältnisse gewappnet zu sein, denn sie hatte immer noch keine Ahnung, ja noch nicht mal einen ernsthaften Verdacht, wo es denn hingehen könne. Vielleicht in die Dominikanische Republik? Nee – zu klischeehaft! Südafrika? Da ist es im Dezember manchmal unangenehm heiß! Auf die Weihnachtsinseln? Klingt gut, aber wo liegen die eigentlich, und gibt es da überhaupt Tourismus?

Mitten in die Überlegungen hinein klingelte ihr Handy. Welcher Idiot ruft denn jetzt an?, fuhr es Britta durch den Kopf. Die Nummer kannte sie zwar nicht, aber die Neugier überwog.

„Hallo, bitte entschuldigen Sie die Störung. Hier ist Frau Stein vom Jugendamt. Sie hatten sich doch als Interessenten für eine Pflegeelternschaft registrieren lassen. Ja, ja, ich weiß, dass Sie eigentlich noch die Fortbildung machen und erst im Frühjahr oder Sommer eingesetzt werden sollten. Aber es gibt einen Notfall und wir wissen nicht, was wir machen sollen. Heute Morgen ist eine junge Familie mit dem Auto verunglückt. Beide Eltern liegen auf der Intensivstation, das Baby auf dem Rücksitz ist wie durch ein Wunder nahezu unverletzt geblieben. Wir haben keine Verwandten ausfindig machen können. Alle Pflegeeltern in unserem Umkreis sind schon belegt. Rundheraus gefragt: Können Sie das Kind übernehmen?“

Britta war unfähig zu antworten. Wortlos reichte sie den Hörer an Jochen weiter und Frau Stein musste die Geschichte noch einmal erzählen. Jochen hörte genau zu, fragte zurück, dann ging er ins Arbeitszimmer, um etwas aufzuschreiben, sodass Britta nur noch Fetzen des Gesprächs mitbekam. „... andere Möglichkeit ... Sind Sie sicher? ... In einer Stunde? ... Wie soll das ... nein ... Ach so ... O. k.“

Kopfschüttelnd kam Jochen zurück ins Wohnzimmer. „Wir haben eine Stunde Bedenkzeit. Entweder wir sagen

zu oder das Kind kommt ins Heim." Und nach ein paar Sekunden Schweigen fügte er hinzu: „Ich glaube, mehr Überraschung geht wohl nicht. Da kann ich meine vergessen. Was meinst du?" Britta brachte immer noch kein Wort heraus. Sie schloss die Augen, stützte den Kopf in die Hände und verharrte in dieser Position eine endlose Viertelstunde lang. Anschließend blickte sie Jochen tief in die Augen und nickte:

„Dann soll das jetzt eben unsere Weihnachtsüberraschung sein. Ich habe zwar keine Ahnung, wie das gehen soll, aber ich könnte den Urlaub unter diesen Umständen sowieso nicht genießen."

Knapp zwei Stunden später wurde das Baby vorbeigebracht. Ein zierlicher Junge, 5 Monate alt, mit schwarzen Haaren und fast ebenso dunklen Augen. Ein Christkind. Kein Geschenk, sondern eine Leihgabe, vielleicht nur für ein paar Tage, vielleicht für länger. Da lag nun also die Weihnachtsüberraschung und schrie.

„Wie heißt er eigentlich?", fragte Britta, die vor lauter Aufregung den Namen nicht richtig verstanden hatte.

„Ibrahim", gab Jochen zurück, und auf Brittas fragenden Blick hin ergänzte er: „Hast du das nicht mitgekriegt? Seine Eltern stammen aus Marokko."

Egal, woher du kommst und wohin du gehst, du brauchst jetzt vor allem ganz viel Liebe, dachte sich Britta und sagte laut: „Du, Jochen, ich glaube, wir müssen die Windel wechseln. Kommst du mit?"

Ein heiliger Schimmer

Von Fabian Vogt

Es war dunkel. Und still. Mucksmäuschenstill. Doch als Lars sich aufrichten wollte, ertönte ein lautes Knarzen. Er zuckte zurück und stieß mit dem Kopf gegen etwas Hartes.

Reflexartig versuchte er, mit den Händen seine Umgebung zu erfassen ... überall nur Holzbretter. Dicke, feste Holzbretter.

„O Gott, ich bin in einer Kiste! Jemand hat mich in eine Holzkiste gesperrt. Ist das etwa ein Sarg? Und warum steht er aufrecht?"

Er musste schlucken, konnte aber nicht.

Wieso wachte er in einer Holzkiste auf? In der Weihnachtsnacht? Hatte ihn irgendein Verrückter entführt? Ein Terrorist? Ein Erpresser?

Er atmete mehrfach tief ein, um die Panik abzuwehren, die sich in ihm ausbreiten wollte.

„Ganz ruhig! Gaaanz ruhig! Es wird alles gut."

Plötzlich musste er lachen. Erleichtert. Nein, man hatte ihn nicht entführt. Natürlich nicht. Er hatte sich gestern Abend spontan entschieden, nachts in den Weihnachtsgottesdienst zu gehen. In den katholischen, denn die katholische Kirche lag direkt um die Ecke, und die evangelische Pfarrerin war ihm bisweilen etwas zu ... ja, was ... zu verhuscht. Die strahlte so wenig Glaubensfreude aus.

Wie war das noch gewesen. Genau. Er war in die große, gotische Kirche gekommen und hatte sich gewundert, dass selbst um Mitternacht alle Bänke belegt waren. Der Raum war rappelvoll gewesen. Die Besucherinnen und Besucher hatten schon überall am Rand gestanden, um überhaupt einen Platz zu bekommen.

Und weil Lars seit Jahren Probleme mit dem Rücken hatte und nicht eine Stunde lange stehen wollte, hatte er sich kurzerhand in den Beichtstuhl gesetzt. Da konnte er die Menschen im Altarraum zwar nicht sehen, aber wenigstens hören.

Und dann war er offensichtlich eingeschlafen. Im Weihnachtsgottesdienst. Tief und fest. Verständlich nach dem Stress der letzten Tage. Trotzdem peinlich. Vor allem aber war er so fest eingeschlafen, dass er anscheinend weder das „O du fröhliche" noch den Segen oder das Ende der Messe mitbekommen hatte. Worauf er vom Hausmeister wohl einfach eingeschlossen worden war.

Kein Wunder, wer vermutete auch am Heiligen Abend jemanden im Beichtstuhl?

Er tastete seine Taschen ab, aber natürlich hatte er sein Smartphone zu Hause gelassen. Wer hätte ihn auch in der Weihnachtsnacht anrufen sollen? Und wen hätte er jetzt wohl anrufen können? Die Polizei? „Sorry, ich wurde in einer Kirche eingesperrt, weil ich dummerweise im Gottesdienst eingeschlafen bin. Können Sie mich bitte rausholen?"

Lars tastete im Dunkeln nach dem Metall-Riegel, der die Tür des Beichtstuhls verschloss, fand ihn nach einigen Versuchen auch, öffnete ihn und stieg ächzend aus der engen Kammer in den weiten, aber nicht weniger finsteren Kirchenraum. Mist. Er war schon immer etwas nachtblind gewesen. Aber rund um ihn herum waren tatsächlich nur blasse Schemen zu erkennen.

Und jetzt? Durch die schweren Bleiglasfenster fiel kaum Licht in die Kirche – und so tastete sich der nächtliche Gast vorsichtig entlang der Kirchenbänke nach vorne ... in Richtung der einzigen Kerze, die dort noch brannte.

Lars hatte gehört, dass die Gemeinde seit dem Brand von Notre Dame alle Kerzen vor den Heiligenbildern abends aus Sicherheitsgründen löschte – bis auf das Ewige Licht vor dem Tabernakel, in dem die gewandelten Abendmahlsgaben aufbewahrt wurden. Das musste wohl weiterbrennen.

Jetzt würde diese rote Kerze seine Rettung sein. Bank für Bank arbeitete er sich langsam durch die Finsternis

nach vorne, Schritt für Schritt, trat dann in den Altarraum und nahm das Ewige Licht, das in einer Art hängender Laterne flackerte, vom Haken.

Verrückt, dachte er, was so ein kleines Licht in der Dunkelheit für einen Unterschied macht. Fühlt sich gleich wesentlich besser an.

Er atmete einmal tief aus. Dann streckte er den Arm vor sich, um sich selbst den Weg durch die große Kirche zu leuchten, und überprüfte in dem schwachen, rötlichen Schein nach und nach alle Türen, die ihm in der düsteren Atmosphäre auffielen: die großen Eingangstore, den Seiteneingang und die Pforte zur Sakristei.

Nichts. Der Küster schien ein gewissenhafter Mann zu sein, denn alle Türen waren fest verschlossen und von innen definitiv nicht ohne Schlüssel zu öffnen.

Na toll. „Ich schleiche hier wie ein beknackter Nachtwächter durch die Kirche und komme einfach nicht raus." Auf einmal fühlte sich die Dunkelheit bedrückend an.

Konnte es nicht doch sein, dass irgendwo zwischen den Seitenkapellen ein halbwegs modernes Fenster eingebaut worden war, das sich öffnen ließ? Dann hätte er wenigstens irgendwie aus der Kirche ausbrechen können.

Lars hob das Ewige Licht etwas höher und leuchtete damit die erste Seitenwand ab ... und hätte fast aufgeschrien. Denn im rötlichen Schein der Aushilfslaterne starrte ihn durch die Glasscheibe eines Grabmals ein aus-

getrockneter Totenschädel an. Ja, fast sah es aus, als ob der Tote eine Grimasse schnitte.

„Puh! Hey ... ich fass es nicht. Was bist denn du für ein komischer Heiliger? Mach das ja nie wieder. Ich bin nämlich im Dunkeln nicht ganz so wagemutig."

Dummerweise waren die darauffolgenden Nischen nicht weniger gruselig: Erst suchte von einem Gemälde der heilige Stephanus seinen Blick, während er gerade von einer wütenden Meute gesteinigt wurde, dann der heilige Sebastian, der soeben von langen Pfeilen durchbohrt zu Boden sackte, und danach die heilige Blandina, die auf einem glühenden Rost gegrillt wurde. Alle drei wirkten im zitternden Rotlicht besonders morbide. Und das, obwohl der mittelalterliche Künstler es anscheinend genossen hatte, die sich windende Märtyrerin mit ausgesprochen schwellenden Brüsten zu malen.

„Ich fass es nicht: Als ob ich in der Weihnachtsnacht auch noch eine Geisterbahn brauche."

Lars setzte sich für einen Moment in eine Kirchenbank, die dabei warnend aufstöhnte. Zumindest hörte es sich so an.

Er hasste Dunkelheit. Und er hasste es, eingesperrt zu sein. Schlagartig verschlechterte sich seine Stimmung noch weiter. Was, wenn die Gemeinde am 1. Weihnachtsfeiertag überhaupt keinen Gottesdienst feierte und er hier noch tagelang ausharren musste? In einem Raum voller Bilder mit gefolterten Glaubensheroen. Kein ermutigen-

der Gedanke. Außerdem spürte er inzwischen, dass die Heizung nach dem Gottesdienst wieder runtergefahren worden war. Es wurde nämlich von Minute zu Minute kälter.

„Mann, reiß dich zusammen. Fang jetzt bloß nicht an zu weinen. Was für eine bescheuerte Weihnachtsnacht ... Lost in Church."

Zu allem Unglück verspürte Lars auf einmal auch noch Hunger. Seufzend stand er wieder auf. „Moment mal. Da vorne, im Tabernakel, da müssten doch noch haufenweise Oblaten sein."

Gab es nicht sogar in der Bibel eine Geschichte, die davon berichtete, dass der König David einmal in seiner Not heilige Tempelbrote gegessen hatte? Irgendwann hatte Lars das mal im Kindergottesdienst gehört. Und wenn jemand in einer Notlage war, dann ja wohl er.

Wieder hielt er das Ewige Licht vor seinen Kopf und lief langsam nach vorne zum Chorraum. Richtung Tabernakel.

Doch kurz bevor er die Stufen erreicht hatte, knallte er gegen ein Hindernis. Ein stechender Schmerz fuhr durch sein Bein ... und in seinem Schrecken ließ er das Ewige Licht fallen. Schrill hallte der Aufprall in der dunklen Kirche nach. Vor allem aber: Die Kerze erlosch und das Glas zerschellte.

Scheiße!, durchfuhr es Lars. Stand nicht das Ewige Licht für die Gegenwart Gottes? Nun, wenn dem so war, dann hatte sich Gott soeben verabschiedet. Auch das noch.

Verzweifelt versuchte er mit den Fingern zu ertasten, wogegen er da eigentlich gerannt war. Seltsam! Was das auch war, es reichte ihm bis zu Hüfte und ragte wie ein kleiner Hügel vor ihm auf. Irritiert liefen seine Fingerkuppen immer wieder über das Gebilde, um dessen Geheimnis zu lüften.

Irgendwann seufzte Lars hörbar auf: „Ein Kamel. Das ist ein Kamel. Natürlich. Das ist das am Boden liegende Kamel der lebensgroßen Krippe, auf die die Gemeinde so stolz ist: ‚Wir sind die einzige Gemeinde in der ganzen Region, die Krippenfiguren in Originalgröße hat.'"

Vorsichtig streckte Lars die Hände aus und erforschte weiter seine Umgebung. Genau: Hier stand ein Weiser aus dem Morgenland ... das hier ... das musste Maria sein ... genau ... daneben vermutlich Joseph ... richtig, das war Joseph. Und ... Lars musste lachen ... die Josephsfigur trug einen dicken Umhang.

Ohne lang nachzudenken, streifte der junge Mann der Krippenfigur den Stoff ab und legte ihn sich selbst um die Schultern. Schon viel besser. Warm und weich.

Und dann, als Lars in die Richtung tastete, in der er die Krippe vermutete, hellte sich plötzlich die Kirche auf. Vielleicht, weil der Mond hinter einer Wolke hervorgekommen war. Jedenfalls sah Lars auf einmal das Jesuskind vor sich. Und auf dem Gesicht der wie echt wirkenden Figur lag ein sanfter Schimmer. Ein Hauch von Licht. Fast ein Lächeln.

Und dieses vermeintliche Lächeln wischte alle Ängste des Eingeschlossenen hinweg. Einfach so. Selbst die Dunkelheit verlor für Lars in diesem Moment ihren Schrecken. Er war in einer Kirche gestrandet. Na und? Vermutlich gab es kaum einen sichereren Ort als diesen. Er lag neben Jesus. Seite an Seite mit dem Sohn Gottes. Und die Verantwortlichen würden die Temperaturen im Gebäude sicher auch nicht zu tief fallen lassen – schon wegen der empfindlichen Orgel.

Lars entschuldigte sich, als er die Figur des Jesuskindes kurz anhob und die darunterliegende Decke hervorzog, um sie auf dem Stroh auszubreiten, das überall auf dem Boden verteilt worden war.

Dann legte er sich hin – und schlief sofort ein.

Wenn ihn später Menschen nach seinem eindrücklichsten Weihnachtserlebnis fragten, dann zog er nur neckisch eine Augenbraue hoch. Na gut, manchmal erzählte er auch von dieser Nacht der Nächte. Und hoffte dabei jedes Mal aufs Neue, dass der Küster, der ihn am nächsten Mittag befreite, nicht die Oblaten im Tabernakel gezählt hatte.

Biografische Information der Deutschen Nationalbibliothek
Die Deutsche Nationalbibliothek verzeichnet diese Publikation in der
Deutschen Nationalbibliografie; detaillierte bibliografische Daten
sind im Internet über http://dnb.d-nb.de abrufbar.

© 2019 by Joh. Brendow & Sohn Verlag GmbH, Moers
1. Auflage 2019
ISBN 978-3-96140-119-2

Umschlaggestaltung: Silja Dreyer
Umschlagmotiv: shutterstock, Olga Korneeva
Satz: Brendow Verlag, Moers
Druck und Verarbeitung: GGP Media GmbH, Pößneck
Printed in Germany

www.brendow-verlag.de